风的嘴唇

胡弦　著

GUANGXI NORMAL UNIVERSITY PRESS
广西师范大学出版社
·桂林·

风的嘴唇

FENG DE ZUICHUN

图书在版编目（CIP）数据

风的嘴唇 / 胡弦著. --桂林 : 广西师范大学出版社，2022.7

ISBN 978-7-5598-4877-2

Ⅰ. ①风… Ⅱ. ①胡… Ⅲ. ①散文集－中国－当代 Ⅳ. ①I267

中国版本图书馆 CIP 数据核字（2022）第 054009 号

广西师范大学出版社出版发行

广西桂林市五里店路 9 号　邮政编码：541004

网址：http://www.bbtpress.com

出版人：黄轩庄

全国新华书店经销

湛江南华印务有限公司印刷

广东省湛江市霞山区绿塘路 61 号　邮政编码：524002

开本：880 mm × 1 230 mm　1/32

印张：9　字数：166 千

2022 年 7 月第 1 版　2022 年 7 月第 1 次印刷

定价：48.00 元

目 录

第三辑

第四辑

第五辑

第一辑

鸡鸣寺

鸡鸣寺我每年要去多次。这次是参加一个诗会。

“鸡鸣”二字我极喜欢。“鸡声茅店月，人迹板桥霜”，苦意全化在诗意里。文字不落入抱怨的窠臼，格才高，此诗可以为证。在南京做过皇帝的李璟写过“细雨梦回鸡塞远，小楼吹彻玉笙寒”。写得好。李璟是我老乡，徐州人。现今世人以为徐州人粗豪，大谬。徐者，舒徐也，有风度而安静的意思。

鸡鸣，则有催促人勤奋意，像闻鸡起舞之类。我小时候上学，对早自习是深恶痛绝的。寺里的师傅们大概也要做早课，若在鸡鸣声里敲木鱼，诵佛经，不知是什么心情。

开会在弘法厅。开会是热闹事。我喜欢凑热闹，真正一身处热闹中我又不适应，有点叶公好龙。古代也是有诗会的，像金谷二十四友、兰亭雅集之类，属于士大夫的游戏。也有在寺庙里开诗会的记载，《唐才子传》里说，某次，很多文人在乌程开元寺聚会，河间才子刘长卿和才女李冶都在场。李知道刘有阴重之疾，阴重，即疝气，也就是民间所说的小肠气，于是就调笑他道：“山气日夕佳。”刘长卿也不示弱，应声曰：“众鸟欣有托。”举座大笑，论者两美之。李的调笑妙在“山”“疝”谐音。刘的回答则有多解，比较老实的解释是“众”借“重”字，得了疝气肾囊胀大沉重，而这个“鸟”字就作为《水浒》中骂人用的“鸟”字来讲了，指的是由于有这个毛病，刘长卿要经常在身上绑一根布带把器官托着以减轻痛楚。但刘长卿又怎会这么老实呢，只怕这个“众”是指众人或众多，讽的是李私生活的风流放荡。而论者两美之，还在于两人所引都是陶渊明的诗句，谑浪却不粗俗，也是一个境界。

现在的诗会无趣很多，虽有人朗诵，却不容易听见一个半个好句子。约半小时我偷偷溜出，从后门下到楼底，出来是个院子，院内是斋堂，墙上贴着佛家吃饭的戒律。此刻无人，桌椅安静。我正闲看，一阵风来，把房门砰地关上。声响太大，像棒喝。

我一直有出家的想法，这与我内心深处喜欢的清寂相合。甚至具体规划过到一个寺庙出家一段时间，比如几个月或一两年，像斯奈德那样，等等。几年前，这种念头特别强烈，但经内心斗争一番，终于打消掉——出家前若无长久打算，且知道自己终是要回尘世的，这种尝试实际意义不大。

院子上空一群麻雀飞来飞去。院后是明城墙，很巍峨。若站在城墙上，玄武湖的水天尽收眼底。在城墙上信步，可达玄武门和太平门，那是悠闲而心怀旷远的乐事。我愣了会儿神，反顾旁边的一座楼，竟看见二楼的阳台上挂有女人内衣之类，猛醒：鸡鸣寺现在是座尼庵。于是打消了随处乱走的念头，拾级而上，循大道，到山顶。寺是依山而建的，此山名鸡笼山，这大概是现在寺名的出处。山顶的大殿前许多人在进香，院子里烟雾缭绕。山道边有些牡丹，开得红艳，花朵硕大，与平常所见品种有异。听了一会儿经声，看了会儿香客，复下来，循原路返回会场。得诗一首。写在会议节目单背面。诗如下：

阳光有些刺眼。斑驳往事、天上流云
为脚下光洁的石板所得。
城阙横空，它和一座寺庙
已建立起某种不为人知的关系。
麻雀们飞来飞去，不谙世事者不关心天堂。
我从台阶上下来，遇见山茶、雪松……
斋堂内，桌椅和训言安静。
——时辰尚远，此刻
只有风经过。当它再次摔打房门时，
我有目睹一个
不听话的莽汉耍性子的乐趣。

我爱来鸡鸣寺还有一个原因：吃素斋。对外营业的斋堂原在豁蒙楼上，是这寺庙的制高点，可以边吃边欣赏台城和玄武湖的烟柳清波。后来，搬到了院后的城墙根下，单独成院，车子可以开进来，面积扩大了很多。鸡鸣寺的素斋虽味美，但在南京尚不算最佳。我后来到南艺后街水木秦淮的“静心莲”吃饭时才知道这一点。静心莲在秦淮河边，店内供的菩萨是南亚风格，用餐的人少，氛围也静极，都是我喜欢的，菜的味道比鸡鸣寺的好上很多，只是价格巨贵。每次朋友要吃素斋，轮到我请客，到底选择哪里，一颗心在价格和美味之间沉浮，总是很痛苦。不过，最后的结果，我一般还是选择鸡鸣寺，毕竟，鸡鸣寺除了素斋，还是南京最古老的梵刹之一，自古有“南朝第一寺”之称，是南京寺庙文化的代表。文化也是美味，美景亦可佐餐，带外地朋友来是相宜的。往鸡鸣寺的途中我常常宽慰自己：即便是南亚的菩萨，也应能体谅我，作为一个生活还没有达到小康的老百姓，毕竟更需要的是便宜。

鸡鸣寺外的樱花也很好看，这一带古时名台城。春天时来逛逛，古寺、古城墙、玄武湖和烂漫的樱花，相得益彰。

中午用餐时听到一个消息：静心莲关门了。我有些惭愧：人家的生意，大约是被我这样的人给搞砸的。

鸡鸣寺还曾名同泰寺，梁武帝在此出过家。这位信佛的皇帝曾四次舍身为僧，再让大臣们筹钱把他赎出来，寺院因此巨富。梁武帝痴迷佛事，长期不近女色，吃素。中国的僧人、居士吃素，据说自梁武帝始。可怜这个老皇帝，因为错信了侯景，引狼入室，最后，竟然被饿死在台城里。

饭后去看胭脂井。井在亭子内，井口很小，只容得一人身宽。这个井与陈后主有关。南朝陈祯明三年（589 年），隋兵南下过江，国破之日，这位亡国皇帝携宠妃张丽华躲进了井里，后为隋兵所执。所以这个井还叫“辱井”。

我探身往井里看，黑咕隆咚，什么也看不到。历史也早已脱离它独自存在。石井沿满是绳索的勒痕，且蒙着厚厚的灰尘——它仍在蒙受勒索吗？或者，正在过往的疼痛中熟睡？

州，或者梦幻……

坐落在曾经的古城上的，是座不起眼的小镇：古邳镇。

这是一座现在隶属于徐州市睢宁县的镇子，很普通，看不出与周围的其他镇子有什么不同。水泥路的街道，钢筋水泥的平房、楼房，墙壁上的涂料在风吹日晒后剥落，留下灰黑的印迹。道路上落满泥尘。廉价的塑料包装袋，在大大小小驶过的车辆所带起的风里，与灰尘一起飘移、滚动。路边是各种店铺：理发店、包子店、五金店、鞋店、服装店、修车铺、超市，墙上贴着五颜六色的广告纸。音像店里正传出震耳欲聋的音乐，羊肉馆当街的黑亮灶台上，炒菜的大师傅把一盘切碎的鲜肉倒入热油的炒勺中，火苗在勺中溅起，随着他的颠动，轰烈的声响和浓郁的香气扑向街心……我和同伴走过这里，看到的就是这样一幅 21 世纪的乡镇安乐图，拥有适度的喧嚣和平凡、庸俗，不需要深度意味的幸福。这些人或许不需要知道，在这座小小的镇子下面埋藏着的，是一座曾经富丽、庞大的城池。

一个州，作为治所（首府），它治下的行政区域在历史中曾有过的名称是：邳国、下邳国、安州、下邳郡、临淮郡、东徐州、邳州……

州，青色之城，河流（沂水、泗水、武水、运河……）明镜般晃动的反光中雄峙的城阙，以及附丽其上的繁华梦幻。城的庄严，总是带有大地的父性，那些建筑材料：钢铁钎锤凿出的岩石，灼烈焰火煅烧的砖瓦，皆是大地最坚硬的部分。它是呵护者，犹如大地催生出葳蕤万物一般，在它的内部，从深巷的喁语、闾阎间的喧嚣到商铺里和人体上彩瀑般流泻的服饰、布匹，从华堂的箫管到廊柱门窗上精致烂漫的纹饰，无不是人间生活和美梦的真谛，充溢着温热的气息和艺术的梦呓。

这也许是世界上起源最早的城市之一。邳，一个美丽的汉字，它自身的演变也如城市一般充满了浪漫和传奇色彩。最早，“邳”的造型是“不”，代表一只飞翔的鸟（多么美丽的象形字），后来又表示花萼（一字多用）。当它读作“pī”（音同批）时，已有“大”的意思（郭沫若在《管子》集校中引丁氏涵云：“古字多以‘不’为‘丕’，此‘不’字当读为‘丕’，丕，大也。”）。当初大禹封奚仲于此，用的是最后一个意思：大，即功劳大，疆土也广大。邳也的确当得起这个“大”字，其治下最大的时候，曾领十七县，东临大海，南过淮河，北达临沂，向西，徐州也曾经是它的行政辖区。虽然屡经战火，却繁茂不衰。据唐《元和郡国志》载，下邳“城有三重，大城周十二里半……”。到元朝时，意大利旅行家马可·波罗过邳州，他看到的是：“离此临州城（指徐州）后，南向骑行三日……抵邳州，城大而富贵，工商业颇茂盛，产丝甚饶。此城在蛮子大州（指南宋。——作者注）入境处，在此城见有商人甚众，运输

其货物往蛮子境内，及其他数个城市聚落。此城为大汗征收赋税，其额甚巨。”（见《马可·波罗行纪》第136章《邳州城》）

可是这样一座“大而富贵”的城，却在康熙年间连缀而至的灾难中消失了。

消失了的城，在大地上再无踪迹，它的往昔，只有沿着纸上的路径才能抵达，而在现实中，任何形式的追怀都显得那么浅薄。

镇子东边有一座庭院，院前荒草凄迷，几块古碑立于其中，庭院却像是建造不久的，名“留侯祠”。留侯，是汉初张良的封号，院内有碑廊、大殿，殿内有他的塑像。一个做看守的老人坐在门内侧的凳子上。大概是少有人来，我看到一间屋子里还堆着粮食和农具。在这里，我看到了李白那首著名的诗《经下邳圯桥怀张子房》：

子房未虎啸，破产不为家。
沧海得壮士，椎秦博浪沙。
报韩虽不成，天地皆振动。
潜匿游下邳，岂曰非智勇？
我来圯桥上，怀古钦英风。
唯见碧流水，曾无黄石公。
叹息此人去，萧条徐泗空。

庭院前一条浅浅的小河就是圯河了。邳州城，曾被河流（沂水、泗水）环绕，使得城池像一座岛屿。三国曹操击吕布时就曾引沂、泗二水灌城，并擒吕布于城内的白门楼。如今，那些河流都已不见，这条小小的圯河却保留了下来，而且据说就是当初的那一条，仿佛天意。从庭院西行数百米，有桥，上书“圯桥”二字，桥下有石碑，记张良遇黄石公得授兵书事。

但这分明是一座钢筋水泥的现代大桥，桥下还设有水闸，桥上不时有大卡车轰然驶过，扫荡起漫天灰土簌簌落下，让人无法久立。对于那想寻找一点思古幽情的人，这大概不啻为有力的打击。

其实在州城的历史中，一直充满了暴力。除了人为的兵灾，还有自然力的破坏，比如水患。邳地河湖纵横，城邦尽享水利所致之富饶和美景。据载，过去每当红日西坠或旭日东升之时，泗水里波光粼粼，彩霞万朵，绵延数里。而到了夜间，河湖中渔船彻夜通明，灯水相映，旖旎壮观。但水是双刃剑，尤其黄河夺泗入淮后，为害日重，明末清初，邳州几乎“水涝灾眚，岁岁见告”。但真正带来毁灭性灾难的，则是1668年（清康熙七年）的一场大地震，那是我国大陆东部有史以来最强的一次地震，城坠地陷，再加上震后黄河决口，城中居民仅一两百家幸免于难。一片繁华的州城，在短短的一段时间内就几乎整个儿被埋进了地下。

城的最高点是白门楼，晋时，巨富石崇曾用全白玉石重修之，并重书“白门楼”三字于其上。地震后，此楼在地面上尚有遗迹，据说中华人民共和国成立之初，在旧城垣迹处还可见“白门楼”三字，但今已不存。城砖，被拆了修水库堤坝——这个与古州城有着最后一点联系的人文景观，没被战乱和自然灾害戗灭，却消失在了大修水利的浪潮中。

地震，大水，自然界不可预测的劫难，大地的神圣秉性中夹杂的残忍，无理性的蛮力，只要一点点和一个瞬间，就足以使人间变成地狱，粗暴地干涉历史，使其断裂，变形，扭转方向。

白门楼故址我没有去，据说，那里现在是一口水塘和几棵白杨。

古老的事物在风中起伏

——徐州汉画像石读记

题记：汉画像石是汉代地下墓室、墓地祠堂、墓阙和庙阙等建筑上雕刻画像的建筑构石，是一种祭祀性丧葬艺术，也是汉代以前中国古典美术艺术发展的巅峰，对后世有深远影响，在中国美术史上占有承前启后的重要地位。

长　袖

歌舞正酣。这是宴乐表演中的一部分，优人、盘鼓伎、叠案掷倒伎，以及乐工（图1）。盘鼓伎和乐工席地而坐，衣着宽大，端稳凝重；叠案掷倒伎折腰，倒立，姿态奇妙；优人细腰婀娜，灵动飘逸，最精彩的是她的长袖，宽大，超过了身长的数倍，如回雪漫卷飞扬于空中，使整个画面处于飞动的节奏中。

——长袖，细腰，乐曲轻扬，有人在遥远的长安起舞，有人正在楚地的音乐中飘动。

盯着汉画像石上一幅幅曼妙的长袖舞图，有时几乎会产生

图 1　六博乐舞图

幻觉，仿佛那长袖再长些，腰，就将不复存在，人，也将凌空飞去。这并不纯粹是我的臆想。汉成帝时皇后赵飞燕善舞，传说她一次于舟中随风扬袖旋舞，翩然若飞，成帝急令宫人拉住，怕被大风吹走。

长袖舞起始于战国，但到了汉代，才真正达到高峰。一部两汉史，令人荡气回肠，它的曲折迂回，也跟长袖的飘逸飞动之象相合。长袖舞男女皆宜，当初刘邦过故乡小沛唱《大风歌》，边歌边舞，我怀疑他舞的就是长袖舞。在汉代，长袖舞不仅仅是柔美的，也大有英雄风骨。男子作舞，取其有力。舞者的轻盈重要，力量与壮健也十分重要。刘邦宠爱的戚姬善舞，《西京杂记》上说她“善为翘袖折腰之舞，歌《出塞》《入塞》《望归》曲”。戚夫人是徐州人，我看汉画像石上的舞人形象，就总像看到她的影子。“罗衣从风，长袖交横”（汉·傅毅《舞赋》）；“裾似飞鸾，袖如回雪”（汉·张衡《观舞赋》），这些赞美长袖舞的妙语俪句，我也常常无端地把它们认作了专为她而写。

戚姬本是民间女子，后来备受宠爱。汉代，从民间舞到宫廷的妙人儿大有人在。除了上述的赵飞燕、戚姬，还有汉武帝时“一顾倾人城，再顾倾人国”的李夫人等。那些在民间飘动的长袖真的像云，飘着飘着，地上的人就飘上了天堂。当然，云消雾散，更多的人还得留在地面上。

“长袖”是舞蹈中必不可少的助舞道具，汉画像石中的长袖形状有二：一为喇叭形状的筒袖，一为袖口端接一长飘带。“长袖”后来演化为两支：一支长袖更加长，变为巾舞，其舞名亦随之改称“长巾舞”；另一支演化为“水袖”，成为后来中国古典戏曲不可缺少的表演形式之一。但在汉画像石上不容易看得分明——也许无须看得分明吧，甚至人的眼鼻眉目也都是可以忽略的。看画的人，只要看明白舞者那欲折的细腰和袅袅长袖就够了。那时，作画刻石的笔法（刀法）还是“稍粗”的，但奔放有力，与原始岩画、刻纹铜匜残片等一脉相承。与后来的中国文人画以及近代西方绘画把重点放在以人的眼神来表现人的内心世界不同，那时的人作画突出的是轮廓、姿态，姿势或夸张飞动，或在静默中饱含张力，直逼物的灵魂。宗白华在论及罗丹的艺术观时曾说，“这种‘动象的表现’，是艺术最后目的”，因为，“罗丹认定‘动’是宇宙的真相，唯有‘动象’可以表示生命，表示精神，表示那自然背后所深藏的不可思议的东西”。（宗白华《艺境》）

汉代人好像早已懂得了这些，他们沉迷于动力和气韵，不屑于做更细巧的刻画。长袖垂拂、波动、卷绕、旋转、翘起、飞扬……且歌且舞，千变万化，使我疑心，身着长袖的人也是一直在梦中的人，她们不断变轻，舞着舞着，甚至就离开了自己的躯体，甚至就把自己的躯体给甩掉了。

石头上的人如同黑色的幻影。但看得久了，又觉得那些幻影正在一点点变白。“倩看飘飖雪，何如舞袖回。”（唐·谢偃《踏歌词》）石头深处，一场浪漫主义的雪正越下越大。

建　鼓

徐州的汉画像石中，刻建鼓舞（图2）的有十多块。

徐州古称大彭氏国，是彭祖的封地。“彭”是个象声词，指鼓声。《说文解字》：“彭，鼓声也，从壴，彡声”。彭祖以彭为姓或国名，可见是以鼓为族徽形象的，这是一个善于击鼓而舞的方国。《列仙传》载：“彭祖者，殷大夫也。姓籛，名铿，帝颛顼之孙，陆终氏之中子，历夏至殷末，八百余岁……”彭祖是个寿星，活了八百多岁，实际上大禹治水时，他献过雉羹。他既是美食家，也是音乐家。

另外，铿也是个象声词，指金石相击声。一个人有两个和音乐有关的名字（彭祖和籛铿）；一个人的两个名字里，藏着一个小型的乐队了。

祖先爱音乐，这就是传统吧。到了汉代，徐州人无疑仍然是爱音乐的，看看那些汉画像石就可以知道。而且，他们特别爱乐器之王——建鼓。在这里，我随口把建鼓封为乐器之王，因为在所有的汉画像石中，只要建鼓出现，它必在画面的中心，并要占据画面的大部分面积。而且，鼓是所有的乐器中发声最特别的，《淮南子·兵略训》：“故鼓不与于五音，而为五音主……故能调五音者，不与五音者也。”这是说鼓不能奏出五声音阶（宫、商、角、徵、羽）系列，但它却能与每一个不同音高的音相调和而成为五音的主宰。鼓声，听起来也许是单调的，但这种单调却又充满了统治力，像有力的脚步，轻易地到达、穿越了丝竹管弦的灵魂。鼓声中，所有的乐音，都已变

图 2　建鼓舞

成从一面鼓的意志深处传来的回声。

乐器发声，对人多有抚慰作用，唯鼓声不同，它更多地体现出震撼和唤醒。《尚书》载，帝舜的乐官可以用麋鹿之皮蒙成土鼓，模仿山林溪谷中的声音。鼓声让人精神振奋，热血沸腾，与其说它是模仿山林溪谷之声，不如说它唤醒了人潜藏的神志，让人找到了内心的江山，找到了自己活力四射汹涌奔放的广袤精神疆域。

现在的鼓一般放在架子上，但建鼓不是。建鼓，下有基座，一根大柱子立在基座上，穿过鼓腔，柱子上端饰有羽葆华盖，华盖上方飞着两只吉祥鸟。这样的设置，像一棵大树，但究其象征意义，已不是一般的树。鸟既是古代东夷图腾的遗存，也代表天国。即便没有鸟，羽葆也有同样的代表作用。“垂旒也被看作是飞翔中的鸟，而含有灵魂飞升的意义”（朱存明《汉画像的象征世界》），那么，这根柱子就有贯通天地的蕴意。这样的一棵树，已经是一棵宇宙树了。这样的鼓声，才是真正地响彻天地，甚至响彻了另一个世界。《山海经》上说，黄帝与蚩尤决战前，得到了叫作“夔”的怪兽，他使用夔皮做了八十面战鼓，“橛以雷兽之骨，声闻五百里”。汉画像石上的建鼓，就其象征看，声闻何止五百里。

建鼓，考究战国的青铜器铭图，多作战鼓用。到了汉代，更多地用于祭祀、娱乐，鼓的击打方法，也已经得到了极大丰富。这时，击鼓与舞蹈合二为一。因为有大柱子穿越鼓腔，鼓的两面可同时击打。击鼓的二人作弓箭步。在不同的图中，击鼓者步法各异，甚至还有折腰舞桴的。更为奇妙的是，击鼓者不但击鼓、舞蹈，同时还能蹴鞠。这种鞠，似乎有线与鼓相连。即便如此，技法也够复杂的了。一个鼓师，同时还是舞蹈家、足球运动员，真是罕见。

关于建鼓，中国的文字记载很少，对于鼓师的技法更无描述。怎样击打建鼓，现在的人已无从知晓。仅从汉画像石上看，那应该是一种高难度的艺术。看着击鼓人矫健的身姿、庄重威严的大鼓、安坐的吹箫人以及高高的华盖、羽葆和轻盈飞动的鞠，不由人心旌摇荡，砰砰的鼓声和欢乐的舞蹈以及悠扬的箫声，仿佛两千年的时光形同虚设，什么也没有挡住，一切尽在眼前（图 3）。

值得注意的是，有的图中除了巨大的建鼓，还有不太引人注意的小鼓——鼗鼓。鼗鼓，亦称鞉。《周礼·春官·宗伯》云："掌教鼗鼓。"郑玄注："如鼓而小，持其柄摇之，旁耳还自击。"这种鼓实际上就是拨浪鼓，鼓身穿在木柄上端，鼓框两边各系一圆球，以手转摇木柄，圆球回敲鼓面作声。鼗的作用，据《释名》记载："鼗，导也，所以导乐作也。"表明起乐前，摇鼗作令，准备起奏乐曲。建鼓是王，鼗是谋臣；建鼓是将军，鼗是军师。鼗、排箫、建鼓常常结合在一起，用于宗庙、社稷祭仪的雅乐中，或宫廷宴乐中。

建鼓起于商代，至汉代达到鼎盛，汉后，却突然消失了。没人能说清它消失的原因。现在的腰鼓和威风锣鼓，也有边敲边舞的特色，但与建鼓相比，形制、技法，显然都相去甚远。"鼓舞人心"一词，据说就是从建鼓来的。但从汉代以后，这个词带给人的感染力，显然已经无法与汉代相比。

图 3　百戏、庖厨、建筑图

䥥却流传了下来，成为乡村货郎的标志性工具，小型的，也可以给小孩子当玩具。但跟音乐，几乎不再有任何关系。

合　欢

在中国汉代所有的伏羲女娲图中，都几乎是一个相同的画面：两个人首蛇身的人纠缠在一起，呈交尾状。这是“化万物”的合欢图，应该还暗含着墓主夫妻“在天愿作比翼鸟，在地愿为连理枝”的寓意。

据说远古时期，由于灾难（洪水？瘟疫？……），世界上只剩下了伏羲和女娲兄妹二人。于是二人结为夫妻，繁衍后代。“伏羲鳞身，女娲蛇躯。”（东汉·王延寿《鲁灵光殿赋》）这是中国的创世神话。

古人多以龙蛇为图腾，在南方的傩舞中，人们装扮成龙身蛇躯，跳着舞蹈，模仿交尾动作，祝福着后代更加兴旺。这样的舞蹈，现在南方的民间还有。

在汉画像石中，与其他题材相较，伏羲女娲交尾图（图 4）的位置最为显要，“多刻于墓门、石柱、主室顶石、石祠山墙上层、墓壁上层等高处或显要地位”（夏超雄《汉墓壁画、画象石题材内容试探》），可见人们对于合欢与生殖的重视。古时由于恶劣的自然环境和近亲繁殖，造成了后代的成活率低，寿命短暂。从考古发掘的资料看，仰韶文化墓葬中，死者年龄四十岁左右的居多。即便是到了强大的汉朝，人丁的兴旺仍然是一种迫切的企盼。

图 4　伏羲女娲交尾图

合欢图里的两个人，一般鳞躯粗长壮硕，有力地盘曲在一起，尾部纠结，四爪遒劲。这样强健有力的交媾和生殖图腾，充满了活力、激情和再造生命的欢乐。它同公元前四千年苏美尔人圆形印柱印面局部上《交颈交尾的异兽》浮雕（现藏法国卢浮宫）在精神上是完全一致的。但在腰部以上，他们又是规整的，袖手，表情严肃。腰部是分水岭。其实，汉，在整个的中国绘画史上已接近分水岭，它一方面保存了先秦和史前岩画的真率，一方面因文明的发达开始变得整饬而克制。有研究者认为，这种交尾图正是太极图的前身，也是中国阴阳学说的肇始。这么说，它已由感性的欢乐逐渐进入理性的哲思领域。

但它总体上仍然是质朴的，因为出自民间艺人之手。纯粹的专业艺术家大批出现，还要等到二三百年后的魏晋。

西方文明也有自己的性神。当汉代人在石头上凿下伏羲女娲交尾图的时候，罗马人也在石头上凿下了他们的生殖之神卢提努斯（希腊人称其为普里阿普斯）。那是在庞贝古城妓院进门处的石壁上，双鞭神卢提努斯双手分别握着自己两根巨大的阳具，风流倜傥地站在无花果树旁。他已是纵情享受性的欢愉的象征。

一位日本博士曾在书中有过这样的记述："欧陆北部山地的岩石上，有原始部落民的绘画，其中的武士以三条腿走路，挺两柄利器作战。这种惊人的性的进攻性，冲破后发的宗教（包括哲学）的遏制与调和，终于导致了西方现代的性崩溃。梦想以三条腿走路的种族，在成功的劫掠之后正为寻找新的平衡而苦恼。"（〔日〕新口侃一郎《种族的尴尬》）

解决了生殖问题以后怎么办？新的平衡点在哪里？这个难题好像直到今天仍没有解决。台湾诗人焦桐先生大概认为这里面存在着某种魔法，这在他的诗《一柱擎天》里有所体现：

那是形状与尊严的魔术/在坠落的边界/魔术师软硬兼施/从拱门里掏出一把尺——//比一比尺寸/抛向空中//变长了变长了/变成东京铁塔//变歪了变歪了/歪成比萨斜塔//魔术师指挥眼神/扶正了扶正了/扶成民族英雄纪念碑……

升 仙

施莱格尔把现代文学落后于古典文学的原因归结于“我们没有神话”。

一般来说，美好的文学都是梦，而现代科学的发达正在把许许多多古老的梦打碎。20世纪60年代，美国人登上了月球，告诉世人，那里什么也没有，只是一片死寂凄凉的荒漠。这一发现，使全世界仰望月亮的人都突然变得不知所措。

看看这块石头上的月亮吧：玉兔在奔跑，金蟾在戏耍，那里是嫦娥和吴刚的家乡，是桂花飘香的地方（图5）。而美国人竟说那里什么也没有，他们花费了巨大的人力物力登上月球，竟只拿回来了几块丑陋的石头。

的确，古人和我们拥有完全不同的月亮。

古人还拥有许多我们没有的东西：比如月亮下面的这只鸾

图 5　炎帝升仙图

鸟，比如龙，比如飞黄（长翅膀的马）、会飞的鹿、有着巨大翅膀的鹤…… 我们有航天器、火箭，但这些机器永远没有仙鹤那样的飘逸，没有龙的矫健、凤的仪态万方。科学之下没有梦幻。科学的世界像一个被解剖开的美人，美已消失掉了。

根据现代人最科学的计算，人最多可以活三百岁。这与古人的梦想仍然相去甚远。

锲刻在石头上的月亮都是圆形的。这是汉代人的审美观：美要饱满，没有残缺，要让美发挥到极致。这也是他们对待生命的态度。

在现代人眼里，生与死是截然分开的，但在汉代，人们视死如生，死，是进入生命的另一种状态，“墓葬也不再是现在的建筑，而是仪式过程中的产物”（巫鸿《礼仪中的美术》）。汉代，精神生活仿佛发展到了极致，祖先崇拜和生殖崇拜已逐步幻化为长生不老、得道成仙的自由梦想。有人把这个时期的人看作“艺术幻想中的‘太空人’”（方东美《原始儒家道家哲学》），他们乘虚凌空，“自提其神于太虚而俯之”（史震林《西青散记》）。

他们都是浪漫主义者。

中古以来，西方的集体精神活动在教堂，汉代人的集体精神活动在墓地和祠堂。这些石头上的人，无不处于飘逸、洒脱的状态，充满了喜悦和欢乐，毫无悲哀痛苦之感。

我们还能再遇见这样一只鸟吗？它的名字叫凤，能带我们到我们想去的任何地方。

我们还能再遇到这样一头神牛吗？它口衔灵芝，因而也衔来了大地的健康和安宁。

我们还能再遇见这样一个人吗？他头戴斗笠，手执耒耜。他是一个农夫，又是一个伟大的君王，一个神。

弗洛伊德把我们的这种想法叫“梦倒退”。

科学在进步，梦，却的确是在“倒退”。

龙　凤

龙和凤最早是被单独刻画的，像《乘龙图》。那时候，它们是人们实现理想的工具，相当于登天的梯子或神仙们下凡的台阶。

后来，才被组合在一起，祥瑞的意味加重。像某种被施过魔法的古老印记，深深地烙在每个中国人的意识深处。即便是现在，无论在天涯海角，一个中国人对龙凤的热爱，仍和外国人有着本质的区别。

凤的造型，当初还有点“丑陋”，有点像鸽子，有点像偶尔飞过我们头顶的某只鸟。在汉画像石上，它的冠、翅膀、尾部被夸张，有了华丽的感觉，但线条仍很简洁。相比于巨大的翅膀、高高扬起的冠和拖曳的尾翎，它的躯体显得精致而轻盈。鸟类学家说，这正是飞行所必需的。

我喜欢这些汉画像石上的凤（图6、图7）。（凤被烦琐的技术缠绕，深陷于斑斓的图案、色彩和纹理中，还是很久以后的事。）艺术在早期阶段，总是清新而刚健的。

那时，梦还是朴素的。那时龙也刚刚学会飞腾，青龙、虬

图 6　龙凤嬉戏图

图 7　凤鸟、青龙图

龙、应龙、夔龙……刚刚被分离出来。大地和天空，呈现出了不一样的景象。

秣　牛

一头老牛在安静地吃草（图8）。

这堆草刻得黑乎乎的，看不出是什么草，但我知道它们：大蓟、小旋花、狗尾巴草……我从小就与这些野草相伴，几乎熟悉它们每一种的生长习性甚至滋味。“老牛吃嫩草”，对于一头出了一辈子苦力的老牛，一头刚拉完了车或耕完了地的老牛，再没有什么比一堆嫩草更能给它带来安慰——但愿这是一堆带着露珠的青青嫩草。

牛鼻子上拴着绳子，绳子的另一头系在一棵树上。牛的尾巴微微翘起。这也许是在夏天吧，它需要不停地甩动尾巴，来驱赶讨厌的苍蝇。远处，鹿在奔跑。三只鹿，整齐地奔跑着，像在使用同一个身子。从牛背上，从三只鹿的奔跑中，辽阔大野朝远方无垠地铺展开去。

多么朴素而悠闲的图画。我想，两千多年前，那个石匠刻完了这些，或许会感到有些疲惫，他停下来，喘口气，陷入回想，想起了自己的家、家中的妻儿老小、门前的树、院子里的家畜，以及村庄外一望无尽的原野。他或许原本是一个农民，这头刻在石头上的牛，或许就是拴在他家院门前树下的那一头吧。

我的判断不可能没有道理。这是一幅幸福的农业社会图

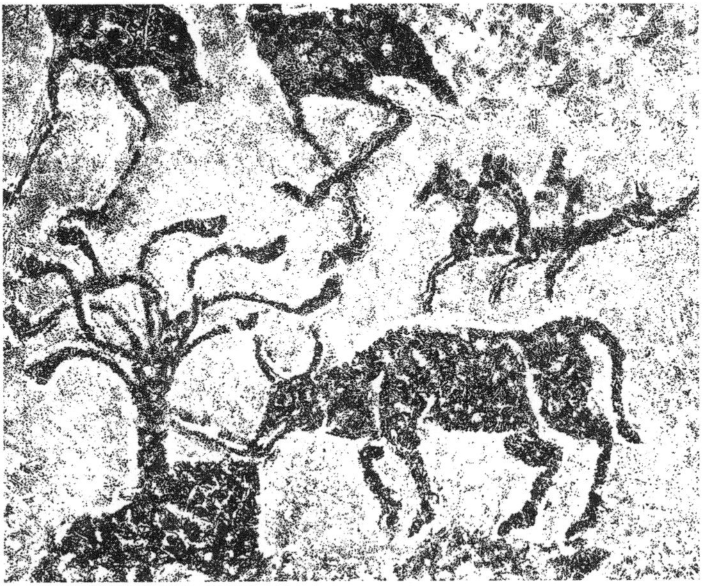

图 8　秣牛

画，而且，这样的幸福感对时光具有强大的穿透力，因为现在的北方乡村，仍然可以时时看到这样吃草的牛。

但我的判断也许并非是道理的全部。因为石匠的工作并没有停止，他继续工作，在图画的上半部刻下了两只大鸟。两只巨大的鸟，只需要其中的一只，就大过了三只鹿体积的总和。

这样的一块石头，才适合安插在庄严祠堂的墙壁上。因为家族的肃穆，因为祠堂里享祀的香火，因为两只高视阔步的巨鸟，我们再审视这头正吃草的老牛时，那种轻松的心情已被迫做出调整。

这种鸟体形巨大，看上去连沙漠里的鸵鸟也无法与之相比，但在汉代的苏北，这样大的鸟并不存在。老牛来自家门前的树下，那么，这样的鸟又来自哪里？

只能是：它们来自一个揣想中的神秘、神性的世界。这样，当它们跟牛和鹿组合在一起时，这样的一幅图画，跟现实世界也就有了距离。

是的，这样才符合一座祠堂的要求。在汉代，祠堂一般都与墓地相连，其建筑结构与图像的选择与配置，体现的不仅仅是大地上的事情，更是一个缩小了的宇宙——“它重现了幻想中的人文创造的一个完整的宇宙世界”（朱存明《汉画像的象征世界》）。

它是现实的，也是梦幻的。它在人间，又隐含着天界的信息。就像这种巨大的鸟，通常是灵异的象征，很多时候，它是人在尘世的生命结束后灵魂升天的工具。

不但鸟，鹿、牛也都可以具备类似的作用。牛，往往是祠堂祭祀中最常见的牺牲（仅从这两个字的偏旁就可以做出这样的推断）。《郊祀志》载，古代天子每年在春天举行袚除祭以化解殃咎，祈求福佑，“……冥羊用羊祠；马行用一青牡马……阴阳使者以一牛”。“阴阳使者”，孟康注曰：“阴阳之神也。”在古人眼里，建立在阴阳两极基础上的宇宙是离不开牛的，以牛（而非羊、彘）祭阴阳之神，说明牛并非仅仅是牲品，而是联系阴阳两界的神秘使者。

一头衰老不堪的牛，随时都可以化身为具有超凡能力的神兽，驮起人类的梦幻。《诗经·小雅·大东》：“跂彼织女，终日七襄……睆彼牵牛，不以服箱。”这是比汉代的天空更早的天空，这大概也是关于牛郎、织女最早的记载。流传于后世的牛郎与织女的爱情传说，也许是从这里发轫的吧。在那时，牛的影子已经隐含在璀璨的星光中。但天界又仿佛是大地，一头牛在银河边，干着拉车的活。

不过，在坎坷人间，时光并没有按照古人的设想来运行，时至今日，承载他们理想的祠堂，也大都不复存在。神性的宇宙被拆散，零落不成片段。就像这块画像石，它的上部已残缺，两只鸟只剩下了下半身。悬浮于人类上方的仙界本来就缥缈，这样的残缺，使许多缥缈之物仿佛彻底消失了，也使画面底部的老牛成了中心，成了最后的主角。

——这样也好，也许更符合那位石匠的本意。我仿佛又望见了那位两千年前的石匠。对于一位沉潜在社会底层的卑微劳动者，天界还是遥远了些，一头自家的牛，一头耐心咀嚼着青草和时光的老牛，也许更接近他的幸福观。

神

应该喜欢西王母，她现在是一位美丽的少女。

应该喜欢这些羽人（会飞的人）、青鸟、捣药的玉兔，还有不知名的异兽（图9）。他们轻灵、美艳、矫健，但没有丝毫恐怖和狰狞的气氛。他们是中国绘画史上第一批和蔼可亲的神。这是仙界，更像是一个人间的工作室。西王母多么美，仿佛把这个时代所有少女的美加起来才能比得上她的美。

热尔曼·巴赞认为“对壁饰艺术的爱好是对史前洞穴艺术的继续”；他又说：中国人一直沉迷于“那种原始艺术的造型形式蠕动着恶魔般的节奏”（〔法〕热尔曼·巴赞《艺术史》）。

他应该看看这些画像，看看这里的鱼、凤鸟、鹿、鹰、奔马、麒麟、龙、织女、农夫、歌舞伎、鼓手、象人、车夫、导骑、侍女、婴孩、伏羲、女娲、嫦娥，包括西王母。或许，他就会考虑修改一下自己的《艺术史》。

让神变得平易安详的，必定是一种更加强大的力量。这种力量，汉以前从未出现过。

吴冠中说：“我简直要跪在汉代先民的面前。”他们使人激动，也使人的灵魂获得安宁。

壮　士

这块石头上，刻有七位大力士（图10）。一人为武士，手持剑盾挥舞。一人是驯兽师，正在驯服一只老虎。一人拔树，树

图 9　异兽、人物、建筑图

图 10　力士图

已被拗折而未全部断开。一人手攥猎物尾巴倒背其赶路（似为一硕壮野牛）。一人头顶石臼。一人携鹿肋下（鹿为活物，似生擒而来）。一人怀抱罐状重物。

最妙的是这些力士的脚的处理方法。汉画像石的画面处理都凿有边框，将整个画面囿于框内。但力士图中人物大都有一只脚突破了下边框，意为用力过猛以致足部深陷大地。所有人物全都肌肉凸起，血脉偾张，沉雄威猛，有“力拔山兮气盖世”之态。

这就是汉代人眼里的壮士。这就是让人热血沸腾、心扉鼓荡的力量与气概。

贾平凹在《老西安——历史的记忆》中说：“每每在京津的公园里看见一群一群老妇人插花抹粉，手摇彩扇跳健身舞时，我就想到了霍去病墓前的人与兽的那块雕石。在汉代，长安城里的人健身，常有人用与熊格斗的方式……”这样说来，力士图当是写实而非梦幻。

人的勇武，源于精神的强健，在古代，又往往集中体现在体魄的强壮和驯兽负重上。现在的徐州乡下，有的父母给未下地的婴儿戴虎头帽，穿虎头鞋，给小孩子捏（泥）或雕制猛兽模型作为玩具，当是这种古老精神的遗存。

“原始思想是用图画和比喻来进行的。”（意大利思想家维柯）汉画像石中，牛斗不过人，老虎也斗不过人，所有的题材，看不出死板、悲哀、伤感、自卑等低调的情绪。每一幅画面都有着热烈的气氛，奔放、自信，显示着人的力量和个性。

汉画像石的主题材是人，山水极少出现（与古希腊和罗马十分相像）。而到了唐宋以后，山水画占了统治地位，画中则是“丈山、尺树、寸马、分人”。人已被无限缩小，人的灵魂也已缩小，而英雄史诗般的画的雄魄也因之而“无法挽回地失去了”。

狩 猎

山林的平静被打破，狩猎的人已经开始行动。

奔跑：鹿、虎、幼鹿、麋、野鸡、野猪……小型的动物在草丛中出没，或者潜入洞穴，看不见。鸟从天空中飞过，最早的危险信号就是由它们传递过来的。

奔跑：野兽们自以为跑向了安全的地带，殊不知危险就在前方，弓箭、猎叉、陷阱和利斧正等候着它们。

虎在奔跑中仍不失矫健和傲慢。它或者是个老手（已不是第一次遭到围猎，因而成竹在胸），或者会为自己的傲慢付出代价。它和其他动物一起奔跑，组成一个临时的群体，在危险中，它们之间的天敌关系暂时消失了。

但那只鹿有点迟疑，它突然放慢了脚步，它的肌肉还处于紧张状态，后腿还在用力，但却竖起了脖子。鹿是机警的动物，它意识到了更大的危险在前面，或许，它已经看到了猎人钢叉上闪射的寒光。

其他动物暂时还不知道鹿的想法，但鹿的脑海已被自己的一闪念照亮，它必须做出抉择，继续向前，或者转往另一个方向。这一闪念是多么重要，将决定它跑进死路，还是就此踏上生途。

而且可以肯定的是，还会有另外的动物跟随着它。在危险中，跟随，几乎是一种本能。鹿的判断是对的，前方一道土岗的后面，猎人目光炯炯，其中（被画出）的一个，屈膝，坐臀，正缓缓拉开手中的弓。弓还是弯月形，猎人尚未发力，也许是几秒，也许是几分钟之后，死亡的箭镞将划破空气，带着锋利的嘶鸣，射入某个充满了惊慌和热血的心脏。射箭的人粗看有一点笨拙，但其实这是一种对人物的特殊处理方法，力量还在心中，还没有来到肌肉和嘎嘎作响的弓背上。

收获颇丰。就在射箭人的后面，两个人正抬着一只捆了蹄脚的大兽前行，说明狩猎在局部已经结束了。而在画面的左方是两只羊（羊在汉画像石上很少见），它们是被活捉的，安详地对望着。它们已从惊恐中解脱了出来。（图 11）

与原始人的偷猎不同（原始人一般是悄悄地接近猎物，再发动突然袭击，这与动物之间的捕食相似），这时的狩猎常常是大张旗鼓地围猎，由一些人从一面吆起，使野兽受惊，钻进猎人们布置好的“口袋”。

场面紧张，充满激情，扣人心弦。这样的围猎，为皇帝和封王们所喜好，因为它还兼有娱乐和军演的功能。几乎每一次大型的狩猎活动，都会有受人推崇的勇武健儿诞生。

猎人离去后，山林会平静下来。但这平静也只是相对的。那只机警的鹿，刚刚逃脱了猎人的围杀，却可能在低头饮水的瞬间，丧生于刚才一起逃难的某只猛兽的利爪。

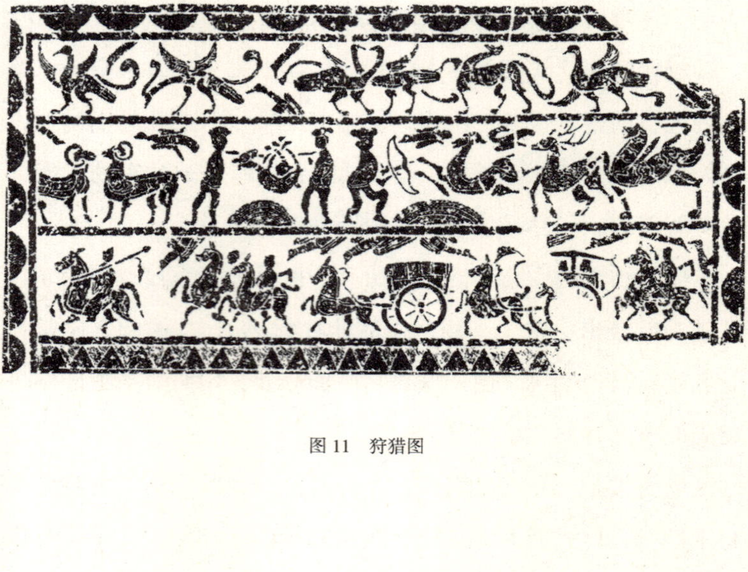

图 11　狩猎图

阙

看见准备送行的车马，就看见了阙。

这是一匹儿马，矫健，好动，它被套上车辕已经好久了，但客人还没有出来，它就有些焦躁，甩动着尾巴，打着响鼻并且抬起了前蹄。这引起了侍者的注意，侍者握紧了手中的缰绳，另一个侍者站在车尾，他意态悠闲，他知道，离客人离去还有一段时间。

厅堂内，主客还在宴饮，他们面目模糊。清晰的是厅房外一对高大的汉阙，俯瞰着这日常生活中的一切。

有时是迎宾的场景：乐舞，仪仗，轺车迤逦而来；有时是出征：铁马，秋风，觱篥长嘶，健儿告别故土，远涉边疆，赢得不世功勋，或者一去不回。

这样的场面，让人欢悦、轻快、感叹、流泪，或者意气跅驰。汉阙冷静地俯瞰着这一切，唯有它的浑朴才可对应得上这世俗的繁华和喧闹，唯有它的气势才能镇压住人们心头翻涌的大潮，唯有它的威仪才能使一切肃穆、规整，纳入铁的秩序。它使来往的人一眼就找到了气度和力量。

阙不是实用的建筑。最早的阙曾用来瞭望，后来的则多为装饰。阙是精神的建筑，它的大度和壮美，是整个大汉民族的图腾。

阙一般都非常高大，四米以下的只能算袖珍，多数要在八至十米以上，阙基的周长也多在八米以上。阙身是方体，粗壮、朴拙而沉雄，它的枋子也是厚重的，巨大的体量和风范总是能给人带来震撼。难怪王国维总是将“古雅”置于“壮美”之下，鄙精巧而尚雄浑。

阙在后世很少被建造，我们的精神场域时不时废墟成片。“想秦宫汉阙，都做了衰草牛羊野”（马致远《夜行船·秋思》），这不但是兴废的感叹，更是精神的基石被撬掉后的伤怀。

到今天，汉阙的存量已经极其稀少，据说全国仅存二十余处。徐州则没有，它们只见于这种画像石中（图 12）。

阙上也是有花纹和图案的，比这种画像石上的还要大得多，但在这里已难以被看清。

六 博

《论语·阳货》载：“子曰：‘饱食终日，无所用心，难矣哉！不有博弈者乎？为之犹贤乎已。’”

这里的博弈，博即六博，弈即围棋。看来孔子是赞成六博的，认为这是有益的活动，比饱食终日、无所事事要好。孔子传道授业解惑累了的时候，大概也会找人“杀一盘”（六博还是今天象棋的前身）吧。但现在看不到他老人家跟人博戏的图画，于是我就去找汉画像石来看。像这一幅，两人对坐，均峨冠博带，一人高扬右手，左手指棋盘，气势开张；另一人眼看对方，双手下意识前伸，表情复杂，似在分辨什么（图 13）。这大概就是司马迁在《史记·吴王濞列传》中所说的“争道”场景。

汉画像石里六博图很多，均大同小异（图 14）。每幅图中的人物，都有很激烈的动作（图 15），与围棋“闲敲棋子落灯花”

图 12　双阙迎宾

图 13　六博图

图 14　六博图

图 15　六博图

的安静大异其趣。围棋可以修身、养性、怡情、教化，甚至棋艺很差的人也可以附庸风雅；那么六博呢？六博不能。六博纯粹是一种“戏”，它靠“掷采”行棋，最后的胜负，更多的是靠运气。掷采的瞬间，往往伴有吆喝之声（喝彩）。棋盘的旁边，还总放着一只酒杯。输棋的人要罚喝酒。酒助博兴，被罚酒多了的人大概也有急眼的时候。所以，六博图中的人，精神总是处于亢奋状态。

正襟危坐的孔夫子，你能想象他揎拳捋袖，眼珠子瞪得老大，一边掷“博箸”（后来发展为色子）一边大喊“五——五——”吗？

但这种情景，可能真的存在过。

圣人的话常是有道理的。孔子在世的时候，六博可能还是一种纯粹的游戏，不含其他成分，对人有益处。但到了后来，情况渐渐有了变化。最迟在秦代的时候，已有人利用六博赌博，六博，发展成了“意钱之戏”。汉代的六博情况比较复杂，一方面是统治者对用六博赌博的严厉打击，比如汉初高祖刘邦禁赌，规定凡官吏“博戏”财物者，罢黜官职，“籍其财”——不但没收赃款赃物，还要罚得他倾家荡产。汉武帝时，翩侯黄遂因赌博而被判处仅次于死刑的带刑具服苦役。另外两名翩侯张拾、蔡辟方也因赌博被削掉爵位。但另一方面，是博戏的空前繁荣，地不分南北，人不分男女，博迷们往往“废事弃业，忘寝与食，穷日尽明，继以脂烛”（三国·吴韦昭《博弈论》）。长安六博高手许博昌编写出六博棋术口诀，成为当时的通俗教本，“三辅儿童皆诵之”。六博，俨然成了一种热门学科。许多皇帝如文帝、景帝、武帝、昭帝、宣帝，也都是六博的狂热爱好者。据说汉宣帝曾经输给赌坛高手陈遂，当上皇帝后就赐封陈为太原太守，为的是还赌债。赢一盘棋竟然能捞到一个省长般的高官来坐，在其他朝代不知有没有。

自古博弈并称，在汉画像石上却看不到下围棋的。汉初，象棋也已从六博中脱胎而出，但汉画像石中也不见其踪影。看汉画像石给人的感觉，是那时的人只对六博感兴趣。这大概与汉的朝代特质有关吧。汉的氛围是开张的，安静地下棋似乎是不适合的，六博夸张的肢体动作幅度带来的激奋，呼喝中隐含的叱咤，以及对潜意识中赌徒性格的激发，与当时人的精神场才是相符的。

由于年代久远，汉画像石上的棋盘，看上去总是不太清晰。现在，六博术早已失传，如何投掷箸、茕，如何行棋，已不能详知。我们只能望着石头上的图画，揣想汉代人下棋时大呼小叫的情景。但下棋者过度激奋，产生的副作用也是显而易见的，有时后果甚至十分严重。汉文帝时，吴王刘濞的儿子在长安与太子刘启（后来的汉景帝）下棋时争胜，态度不恭，结果刘启大怒，抓起棋盘把刘濞的儿子给砸死了。这桩因下棋引发的命案，是导致后来刘濞发动“七国之乱”的直接原因之一。棋盘，一不小心就成了凶器。从棋盘上开始的争斗，竟然发展为七国之乱，战争弥漫到大半个中国，皇帝和诸侯王直杀得天昏地暗，民不聊生。

嘉 禾

嘉禾，就是美好的水稻。在汉代，是五瑞（黄龙、白鹿、木连理、嘉禾、甘露）之一。

嘉禾，念一念就让人喜悦的名字，念一念，心底就似有清风吹过。整齐的稻田平铺在大地上，风过处，稻浪翻涌，朝远方滚动，一直滚向遥远的天边。

汉代的徐州人还不善于刻画大片的稻子，但稻田上起伏的波浪冲撞着他们的胸襟，也冲撞着他们的美术视野，于是，我们在汉画像石上看到了这棵奇妙的稻子（图 16），它本该笔挺的秸秆现在是弯曲的——一根波浪线，它以最简洁的形式再现了稻田浩大的波动。一根连续抛动的抛物线，将我们的视线和喜悦之情抛向远方，无边无际而又绵绵不绝。

但嘉禾又非一般意义上的水稻。从文字记载看，周朝是嘉禾最早出现的朝代。《尚书 · 周书 · 微子之命》："唐叔得禾，异亩同颖，献诸天子。王命唐叔归周公于东，作《归禾》。周公既得命禾，旅天子之命，作《嘉禾》。"这是个有些浪漫的记载，有人得到了一茎多穗的稻子，就把它献给了周天子成王，成王又把它赠给在东方替天子打理江山的周公，二人还分别为此写了一首诗互相唱和。从山西到遥远的淮河，一株稻子像摇曳的信使，传递着君臣的情谊，也传递着一种超乎寻常含义的政治寄寓。秋天，雪白的大米里，有多少东西在成熟，在闪光。

周公是否种植并推广了天子所赐的嘉禾，我没有找到更多的记载，不得而知。但即便种植，结果大概也会远离期许。种

图 16　祠堂画像

植嘉禾的结果会如何？直到东汉时，王充才加以披露。他在《论衡·讲瑞》中先说："嘉禾生于禾中，与禾中异穗，谓之嘉禾。"一茎多穗，产量高于普通谷类，自然给人以深刻印象。那么，如果遍地都种上嘉禾多好啊！岂不仓廪实，无饥馑，国泰民安？但王充接着又说："试种嘉禾之实，不能得嘉禾。恒见粢梁之粟，茎穗怪奇。"看得出来，当时人们真的用嘉禾进行过试种，却没有什么效果。

嘉禾虽好，却只是偶然出现，是变异了的极少数。王充也堪称人中嘉禾，他是个值得敬佩的人，面对已陷入迷信的大多数，他无比清醒，他以科学的精神勘破了事物的神秘性，并把它的本来面目还原给世人。从王充的角度看，当初的周公君臣赠禾和诗不但愚昧而且有点可笑，但科学的认知并不能阻止人们对美好事物的期许。嘉禾早已被祥瑞化了，与甘露醴泉并称。如班固《汉书·公孙弘传》云："甘露降，风雨时，嘉禾兴。"不但被祥瑞化，它还成了太平盛世的象征，代表着上天对帝王行政的嘉奖。政治清明、天降福祉，这生于田间偶尔秀出同类的稻穗，最后成了统治者手中招展的旗帜。

嘉禾的范围后来不断得到扩展，不再仅仅指水稻。清朝雍正钦准刻印的画本《嘉禾图》中，画的都是一茎多穗的庄稼，有江南的两杈小麦、山东的双穗谷子、四川的四穗稻子等。雍正皇帝还亲自为这个画册作跋说：此类嘉禾未所见未所闻。颇具讽刺性的是，大臣们发现了比画册上所画还要美妙得多的嘉禾，甚至有个府尹太大胆，说是发现了二十四个穗的嘉禾，以至雍正都觉得受到了愚弄。

是的，田间的嘉禾与报给皇帝的画册上的嘉禾是两码事，后者甚至已经与农业无关。但刻在汉化像石上的嘉禾，含义却又完全不同。它无关天意，只顺民心。它在石头上茁壮、浪漫地成长，不是长给最高统治者看的，而是带有一种地久天长的祝福。它长给村庄、大地、城镇、子孙……在它的荫蔽下，鸟儿穿梭飞翔，幸福生活正扎下深深的根。

连理树

连理树，猛一看像是自然界里的树，最鲜明的特点是树杈上挂着个马兜子，兜子里装着草料，一匹马在吃草。茂盛的枝叶间还有群鸟嬉戏……

其实完全不是这么回事。自然界里，从来就没有连理树这一科。《艺文类聚》引《晋中兴征祥记》说："王者德福洽，八方同一，则木连理。连理者，仁木也，或异枝还合，或两树共合。"[①] 原来，连理树不是自然生长的树，而是按照某种道德规则成长起来的树。"王者德福洽，八方同一"，亦即干部是好干部（而且是大干部），当群众思想统一时，连理树就出现了。

连理树，成了衡量社会政治清明安定的坐标。

看看连理树，你就不得不佩服古人的想象力。两棵大树，树干竟然能扭得跟麻花似的，尤其奇妙的是树梢头，突然变粗，像华冠，像酒杯，像人的头脸（那些树杈分枝就像人的躯干），使得整个树冠部分热闹无比，像是一场欢宴（图 17）。宾客们俯

① 汉画研究部编《汉画研究》，创刊号。

图 17　连理树

仰生姿，或耳语，或倾听，或大声劝酒，或身子探过中间一人跟另一人碰杯，觥筹交错，一片喧声。不同石头上的连理树，也会略有不同。比如另一块石头上的这两棵，粗看各自是同一棵，再看，也属“两树共合”型；再仔细看，“共合”的似乎不止两木，而是三木或更多木。它们的叶子像孔雀尾巴上美丽的羽翎，与站立在房顶上以及空中飞舞的五彩凤鸟一起，构成了斑斓缤纷的天空。天空环抱，室内夫妻对饮。这天空，也就是这对恩爱夫妻美丽爱情的外衣吧。

这些树，仔细看时，才像是假的，树干和枝条，像草或藤编的。但很美，比真实的树还要美得多。它们的美，是一种对自然枝干重新组织后，呈现出来的规则的美。

连理树的产生，也许最早是出于对“德至草木”（《孝经·搜神契》）之“德”的彰显，后来，它更多地被借指爱情。这一点，看看这块石头就可以知道。在汉代，在民间缓慢流逝的时光和恩爱中，它早已扎下了深深的根。“在天愿做比翼鸟，在地愿为连理枝”（白居易《长恨歌》），几百年后，在美丽的诗句里葳蕤的枝条，摇动出更动人的恋歌。

不管针对皇治还是爱情，连理树都是带有空想性质的理想之树。在现实中，也有两棵树长在一起的情况，像曲阜孔府的“五柏抱槐”：一棵柏树死了，从根部发出了五个枝，中间又恰好落下一粒槐树种子——它们长在一起了。但只要看看那些枝叶就能明白，它们只会互相排斥，绝不可能把自己杯子里的“酒”（阳光雨露）捧给对方。它们在一起，合了“不是冤家不聚首”的俗语。这句俗语也常用来形容夫妻关系，与连理树结合得真是天衣无缝。

连理树的树干也是不可能缠在一起的，除非其中一棵是藤，但那已不是互敬互爱的关系，而只是利用。半个世纪前，流沙河这样写过藤：“他纠缠着丁香，往上爬，爬，爬……终于把花挂上树梢。丁香被缠死了，砍作柴烧了。他倒在地上，喘着气，窥视着另一株树……”流沙河说破了真相。说破真相的人都像犯了天条，他被打成了右派，文章也被打成“大毒草”。倒是后来舒婷的姿态更实际，她的《致橡树》：“根，紧握在地下 / 叶，相触在云里……仿佛永远分离 / 却又终身相依。”在两棵树中间找到了距离感，这是对古老的连理树重新整理的结果吧。

在汉代，连理树也借指兄弟情。苏武的诗中就有“况我连枝树，与子同一身”的句子。汉代徐州兄弟情深的典型例子是姜肱兄弟。姜肱和弟弟路遇强盗，兄弟俩为掩护对方抢着赴死，结果把强盗感动得一塌糊涂，放了他们；后来这事儿又把汉灵帝感动得一塌糊涂，下诏要姜肱去做太中大夫……我觉得汉画像石里应该有这么一块，把这故事刻出来，同时刻上连理树——也许真的有这么一块石头的，只是现在还没被发现罢了。

飞　人

飞人就是羽人，长了羽毛的人。

看看汉画像石中的飞人，你就有理由觉得西方绘画中的安琪儿太小太柔弱了，那些小娃娃，背上一对小小的肉翅膀，给人的感觉是根本飞不起来，他们胖嘟嘟的，倒像是悬浮在水中。而汉代的飞人，是真的飞。宽大、有力的翅膀，像鸟，而且不是玲珑小鸟，是大鸟，猛禽。“载营魂而登霞兮，掩浮云而上征”（《楚辞·远游》），汉代的飞人不飞则已，一飞冲天，摒弃了后世神仙的懒散、悠闲、优游，以及西方安琪儿的甜腻，他们的姿态，强健而激烈。

飞翔，是人类的梦想。王充《论衡·无形第七》曰：“图仙人之形，体生毛，臂变为翼，行于云，则年增矣，千岁不死。”人类对生命的理想状态的渴望，实际上是一种时空延展。于时间，是希望延长寿命，“千岁不死”乃至长生不老；于空间，那就是到自己无法到达的地方去。所以，所有的神仙，都是人类理想生活的幻象。神仙们大都居于高山，古希腊众神居于奥林匹斯山，中国的神仙居住在昆仑山、东海仙山，而这些山，都是古人无法登临的。是的，所有踩在脚下的都不值得珍惜，只有那无法到达的高处才令人向往。神仙们是神秘的，“天意从来高难问”，愈难，我们愈想知道，由谁来问呢？

飞人。

飞人满足了人类的所有渴望，除了沟通人间仙界，它本身也是一种生命的理想化身。飞人是人，长着翅膀的人；飞人又是仙，“羽化而登仙”。或者说，飞人原来是人，后来成了仙。有些神仙是天生的，有些不是，是人变的，这后者，对人的诱惑可太大了。因为前者不可企及，而后者却可以企及。所以，即便是在死者阴冷的墓穴中，人类仍然不愿放弃理想。在地下，在沉重的黑暗中，仍然有缥缈羽翼剪越岁月空境簌簌而过。

飞人是功利的产物，所有理想都是功利的。在道教中，羽化升天是修炼者的最高目标，“为道学仙之人，能先生数寸之毛羽，从地自奋，升楼台之陛，乃可谓升天”（东汉·王充《论衡·道虚》）。道教本就是一个功利性很强的宗教，比如它的最高神本来是元始天尊，但当民间信仰中玉皇大帝的地位远超过了元始天尊时，它就改尊玉皇大帝为最高神，让原始天尊退居臣下。道教认为人类通过服丹药可以成仙，所以天下名山当中，总是少不了丹炉的香气缭绕的紫烟，只是红红的炉火只炼出了某某成仙的传说，却始终没有人亲眼看到谁谁长出了翅膀。

汉朝，皇帝、贵族对羽化之事都很热衷。汉武帝大概算是最狂热的一个，他想羽化成仙，就格外优待那些自称能帮他成仙的人。有个叫栾大的方士自称认识神仙，汉武帝就封他为五利将军，而且连封多个将军封号，又把亲生女儿卫长公主嫁给了他。封将的场面尤其搞笑，据《史记·孝武本纪》载：“于是天子又刻玉印曰‘天道将军’，使使衣羽衣，夜立白茅上，五利将军亦衣羽衣，立白茅上受印，以示弗臣也。”人不能长出翅膀，就用羽衣代替，还要站在白茅上，搞得神神鬼鬼，可见愿望过于强烈时，皇帝的脑子也难免进水。但汉武帝终究不是那么好糊弄的，他后来识破了栾大，就命人一刀把他砍成了两骨娄儿。

皇帝如此，民间的情况如何呢？汉乐府民歌《长歌行》：“仙人骑白鹿，发短耳何长。导我上太华，揽芝获赤幢。来到主人门，奉药一玉箱。主人服此药，身体日康强。发白复更黑，延年寿命长。”由歌词可以看出，群众的眼睛还是亮了许多，他们的要求低了许多，无非是让飞人给他们送些保健药品，延年益寿就可以了。

不管人们的目的是否功利，艺术却是真实的。汉画像石上的飞人，身子多瘦削，与通常所谓“仙风道骨”似有相通处，但多了质朴的成分（图 18）。也有的图中的飞人，头大身细，矫健异常，整个形象像是铁打的，连膝部和后背生长的翅膀，都像是坚硬的铁片，有一种凌厉的美。有的手持仙果在引逗凤凰，虽处在边角位置，但比居于中心的凤凰还夺人眼目。为什么要把飞人刻成这个样子呢？难道其中还有外来文化的影响？看他的头脸，倒真有点混血的感觉。其实早在汉以前，世界各文明古国都有自己的飞神形象，如印度的飞天、波斯琐罗亚斯德教的胡天等等。这些长翅膀的人，比在大地上行走的人拥有更快的速度。也许外族人的脚印还没有踩上我们土地的时候，他们已经像鸟儿一样，落在了我们的艺术之树的枝叶间，并发出了不一样的啼鸣。

汉代飞人多是裸体。身体在飞升，除了长出翅膀，尘世间，能丢掉的东西都丢掉了，包括衣服。他们是执着的，那些裸体，充满了刚健和蓬勃的生命力。到了魏晋南北朝，飞人曳长袍戴冠巾，仅在衣袖、裤口处作飞羽状，已经是江南世族的形象，虽然潇洒，却已世俗化。等到了唐代的飞天，已经找不到翅膀的影子，仅靠一条长巾就能展卷飞舞，轻盈地翱翔太空了，形象也变得更妩媚。

图 18　羽人、麒麟图

汉、唐都是强盛的朝代，汉代的飞人是男子，唐代的则像女性；汉的刚健，唐的华丽；汉的没有名字，虽在天上，又像是沉潜在民间，唐的大都有名字；汉的像没什么文化，如同质朴的信使或药师，唐的像霓裳广带素手芙蓉的侍女；汉的近道，唐的近佛，是印度飞天影响后的产物。写到这里忽然想起，唐代其实是中国历史上最信奉道教的朝代，那时有许多美丽的女道士，像薛涛、鱼玄机、公主等等，全都像美丽的羽人。汉代的羽人们捧着不死药在空中飞来飞去，身边却没有女伴。当他们闲下来时，在高寒的山顶或天上，会不会忽然有点寂寞呢？

车马出行

这是最常见的题材。轺车、辎车及大车，单马或双马。车是那种木铁结构，密密的铆钉和辐条，硬，车轮没有多少弹性，在和大地的撞击中发出辚辚的声响。

马是重要的，特别是对于一个有雄心的民族。汉朝初立的时候，马匹稀少，一些朝廷大员还要坐牛车上朝。但数十年后，大汉的骑兵已经深入戈壁、大漠、草原，所向披靡，横扫亚洲高原。“亡我祁连山，使我六畜不蕃息。失我焉支山，使我妇女无颜色。”（《匈奴歌》）马队的雄武，连北方的游牧民族也自叹弗如。

我一直在想，那时的马匹和后世的有什么不同呢？得到的答案是：马本身没有什么不同，所不同的是骑马的人，是人的胸襟、目光、胆识，是人胸中疆场的辽阔程度，是人是否有勃发的生命力。马的强壮与否，首先依赖于骑手是不是壮士。

汉马矫健，在汉画像石上，它们大都肥硕，但结实、勇武、骁腾有力（图19）。马腿虽细瘦，却如同钢筋铁骨，让人觉得支撑那肥壮的身躯绰绰有余。在后世的图画中再也没有见过这样的马。唐时的韩干是画马名家，但他笔下的马肥而臃肿，活力上大为逊色。现代的徐悲鸿善画马，不过画的大都是裸马，抒发的是自由奔放的灵性，与汉马比，还是“轻”了些。而汉马总是有所承载的，拉车或充当坐骑。奇怪的是，这丝毫不影响它的奔放，却更显出有无穷的力量。汉朝的车，单看是沉重的，但和奔腾的马结合在一起，就轻捷得似乎要飞起来。

维特根斯坦说：“人的身体是人的灵魂的最好的图画。”其实这话还可以延伸，不唯是人的身体，即便是他画出的图画，也是他灵魂的影像。汉代人的自信豪迈，在马的刻画上有完美的体现。

这幅图中有六匹马，导骑二，轺车二，辎车和大车各一，都呈奔腾状，仿佛有震耳欲聋的车声、马蹄声、佩铃声从里面传出，近切而繁密。但车马上的人却是安详的。这不是前往战场的车，这只是前去游玩的车队，但仍在浩大的声势中疾驰。青山绿水在车侧飞快地后退，阡陌在缓慢地旋转，表面安详的乘车人，心中也许正滚过雷霆。

房顶上的事情

汉代的赋家都像建筑学家。汉赋就是纸上建筑，煌煌灿灿，

图 19　车马出行图

图 20　建筑、人物、凤鸟图

类似宫殿。汉代人也的确喜欢造宫殿，一座长安城，宫殿就有百余座。那是些史无前例的建筑，虽然现在见不到了，但读读汉赋，曾经的高楼飞馆仿佛尽在眼前。这两日读王延寿的《鲁灵光殿赋》，“澔澔涆涆，流离烂漫”，辉煌而又诡异，觉得阿房宫大概也不过如此。读完了赋，趁着被文辞牵引的激动，就去看汉画像石上的建筑。一看之下，不免有些失望。汉画像石上的建筑，全是写意画般简略，两根柱子一个屋顶，就什么都代表了。也有两三层高的楼阁，却难有巍峨之感。

不过看得多了，我却有另外的发现：汉画像石上的建筑并不惹眼，建筑的上方，发生的事情却不同凡响，屋宇上，多的是动物。在那里，别有气象和天地，像个流离烂漫而又宏大快乐的动物园。

屋顶上最多的是凤鸟。凤鸟做如下事：

散步。常常是一只凤鸟，在正脊上闲庭信步（图 20）。

鸣叫。在一些华丽的屋顶，大的凤鸟开屏展翅，小的凤鸟在周围盘旋（图 21）。

顾盼。常常是两只凤鸟，站在阁楼或垂脊上，对望，回首（图 22）。

接吻。一鸟是扇形小冠，一鸟是长羽冠，显然是雌雄一对。这巨大的鸟所占面积有时比一面屋顶还大，它们的吻，也必是惊天动地的吧，对应着屋内的一对夫妻。这对夫妻在闲话，对屋顶上的事毫无察觉——他们沉浸在自己日常而平静的深深恩爱中（图 23）。

交颈。缠绵的交颈。在它们身旁，群鸟翔飞（图 24）……

图 21　建筑、人物图

图 22　建筑、人物图

图 23　宴客图

图 24　宴饮图

凤之外，次多的是龙。夔龙，虬龙，蛟龙。龙做如下事：

闯入凤鸟的世界。像这只虬龙，挺颈回首，如飞，又像是调皮地倒挂在半空，与站在垂脊上的凤交尾。虬龙多么年轻啊！漂亮，充满活力，与凤鸟一起，构成了自由而略含羞涩的早期爱情图画（图 13）。

会集体出动。夔龙们排着长队，个个都像精神饱满、灵活矫健的小弟兄。大大小小的凤鸟们则散散落落的，像烂漫而又不失矜持的女生。这些傻乎乎的夔龙，多像青春期的愣头青，大概是把人家的屋顶当成献殷勤的操场或者比武场了吧（图 25）。

另外，还有水鸟、鲤鱼（图 26）。交颈的水鸟，高悬的巨大鲤鱼。有什么样的波浪在那屋顶上晃动？

还有猴子，在垂脊上攀爬的猴子（图 27）。这些猴子是幸福的，因为汉代的屋顶还是一片自由的天地，任由它们玩耍。等到了后世，那上面的秩序和等级越来越森严，脊兽的排序依次是龙、凤、狮子、天马、海马、狻猊、狎鱼、獬豸、斗牛、行什……在屋脊上的一队小兽中，它排在末尾，名字已被迫改为行什（排行第十），别想随便往前跨一步。

还有猫捉老鼠（图 28）。多么幸运的猫，在高高的屋顶上，它的威风和快乐人人皆知。连那老鼠也是幸运的，后来，它已无缘在任何一幅壁画中爬上屋顶去游戏，只能在室内的旮旯里逡巡，被猫抓住，吃掉，也只能算是不明不白地死去。

还有不知名的异兽。兴高采烈，翻滚，飞翔，腾跃……

还有这些云头花朵——你看它是云就是云，看它是花就是

图 25　龙凤乐舞车马图

图 26　宴饮图

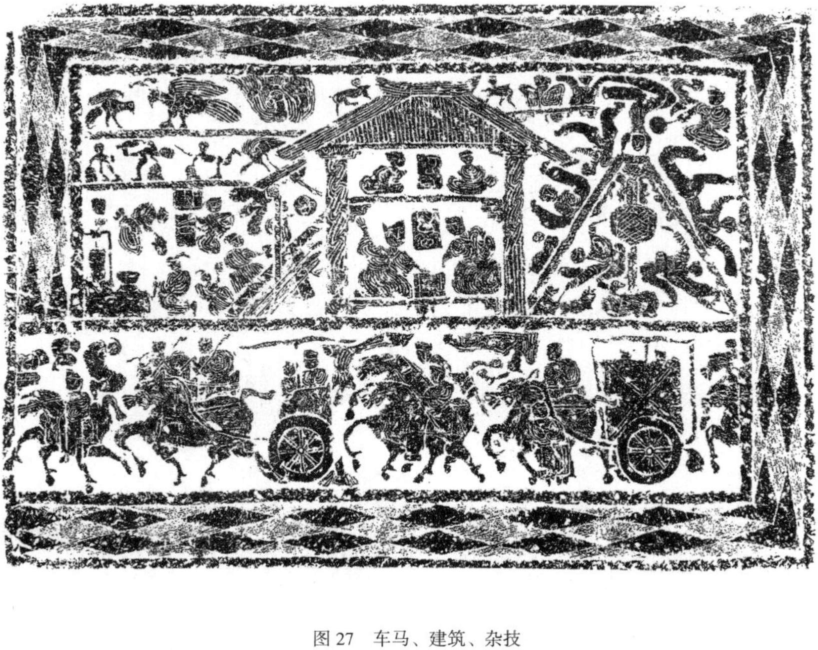

图 27　车马、建筑、杂技

图 28　六博图

花。以藤蔓相连，在空中飘动。那大概是些碧绿的藤蔓吧，雪白的花朵，飘动的云……

屋顶像个舞台，如此热闹，龙鳞闪烁，鸾鸟飞翔，三足乌歌唱。下面，狗儿在院子里跑来跑去；屋檐下，凳子上坐着逗牛儿童；室内，幸福的人在榻上饮酒、下棋，父亲正把婴孩递给太太。人民，被神吉祥佑护……

屋顶上的天空怎可如此幻美？这尘世生活，多么像永恒的理想之国。

…………

写到这里，我伸个懒腰走到窗前，看见了众多的城市水泥屋顶。那上面黑乎乎的，只有热水器、电视天线和胡乱堆着的杂物……一只鸟儿也没有。

纺　织

织布机在画面的左侧，占去了上格的纺织图约三分之一的画面（图29）。这在当时可能是一种工艺相当先进的工具，现在看来已相当古老。奇怪的是，直到20世纪70年代，在中国的许多乡村里，仍响着这种织机清脆的声音。

缫丝。调丝。纺线。织布。四个人，也许可以代表更多的人。最动人的仍是织布机上的妇人，她暂停手中的工作，扭转了身子，从另一个人手中接抱婴儿，欲在织机边为孩子喂奶。

纺好的丝团悬挂在檐下。

画面是和谐的，辛劳，欢乐，轻盈的丝线，隐约浮动的劳

图 29　纺织图

动之重——一个诗人说：不要急于表达什么。

我曾经去过缫丝厂，看见滚烫的开水、弥漫的水蒸气。那样蒸腾和涌动的场景肯定更适合表达某种浓烈的东西，但画家没有画。

只是一个平常而缓慢的生活场景。

像我们正经历的每一天。

月亮上的变迁

“皎皎明月，煌煌列星。”这是汉代诗人秦嘉《赠妇诗》里的句子。诗中明月这种“皎皎”的形象，跟汉画像石中的明月比起来，面目相去甚远。

汉画像石里的明月，不见光辉，只见内容。像《炎帝升仙图》中，一个圆圈内，刻兔子、蟾蜍各一。或者连圆圈也不见，像《月宫图》是方的，而且分上中下三格，上格刻西王母、嫦娥、羽人、玉兔、蟾蜍，中格刻凤凰，下格刻青龙、白虎……严格一点说，大概只有上格算作《月宫图》，龙凤之类是神物，月宫自然去得，但不算常住居民，常住居民是嫦娥、玉兔、蟾蜍。西王母居昆仑山，她到月宫，类似领导视察，而且月宫的一切都与她有关，羽人只是她的随从。

月亮，远看是圆；上去看，圆自然就消失了。“无言独上西楼，月如钩，寂寞梧桐深院，锁清秋。”（南唐·李煜《相见欢》）这是后人写的词，在汉画像石上，还没有“月如钩”的形象，刻石头的人更喜欢满月。“人有悲欢离合，月有阴晴圆缺，此事古难全。”（北宋·苏轼《水调歌头》）这也是后人的感慨，汉代诗人很少写到月亮，也没有那么多离愁别绪纤弱感情的寄寓。汉代的月亮，仍是仙界的标志，比后世要质朴得多，也神奇得多。《古诗十九首》之十七《孟冬寒气至》有“三五明月满，四五蟾兔缺”，蟾兔指代月亮，也正是神话本身。这时候，月亮是“实实在在”的，要到了很久之后，“江畔何人初见月，江月何年初照人”，人们重新审视它，它才从仙界脱身而出，有了另外的含义，成为空灵情怀的象征。

但月亮确实是有圆缺变化的。当月缺的时候，神仙们在哪里呢？她们肯定还在老地方。西王母可以走，嫦娥不行，玉兔和蟾蜍也不行，她们要在阴影里摸黑干活（捣药）。这就跟汉画像石上的差不多了。（图 30）汉画像石大都黑乎乎的。刻月宫的石头，照我的设想，应该用白色的大理石，汉白玉或白花之类，最不济也应该用云灰。但这样的石头，徐州不出产，所以，月宫就仿佛在黑暗里，场面看上去就有些诡异。也好，这正符合汉代人质朴的神灵观，那时神鬼不分，神就是鬼，鬼就是神。神仙们，还远不是后世那种光明正大光彩照人毫无缺点的样子。

月宫里还是挺热闹的——至少从这块汉画像石上看是这样。这种热闹的生活是从哪里来的呢？当然有来处，神仙过的日子也不是凭空就有的。现在的人，一提月亮大都首先会想到嫦娥，其实，嫦娥也并非月宫的原住民。最早到月宫的，是蟾蜍。

蟾蜍到月宫，与比汉代更早的先民们对生殖的崇拜有关。

图 30　西王母图

生殖最明显的特征，当然是孕妇圆滚滚的肚子。在人烟稀少的年代，这种肚子是美丽的。比如新石器时代的红山文化遗址中，女性塑像腹部高隆。法国劳塞尔出土的一个三万年前的女子裸雕，腹部丰满肥硕，却被冠以美神“维纳斯”之名——这没有什么不妥，因为那时的审美观，与现在讲究三围可不一样。在先民眼里，孕妇的肚子不但美，而且具备了某种神性。它像什么呢？像蛙的肚子。于是，出没于草丛溪流的微小生灵蛙，也成了人类的崇拜对象。顺便说一句，原始社会，大概是地球上的动物们最幸福的时代，就连我一直都没有好感的癞蛤蟆，只是因为肚子和怀孕女性相像，就成了被顶礼膜拜的对象，更不要说那些体积庞大的猪鹿马牛虎象之类了，它们全都成了灵异的象征。甚至伟大的人物也常常是动物的化身，比如治水的大禹就是一只熊。

除了蛙的肚子，还有什么与孕妇的肚子相像吗？有，月亮。不但像，而且比蟾蜍更像。圆月像怀孕的肚子，缺月像产后瘪下去的肚子，所以，先民不但崇拜蟾蜍，还崇拜月亮。久而久之，月亮与蟾蜍的形象合二为一，月亮就变成了一只在天上的蟾蜍。但月亮太美，与蟾蜍的形象毕竟相去甚远，大约先民们也觉得这样比对不太像话，于是，蟾蜍干脆躲进了月亮里，变成了月宫里最早的移民。

因为月中有蟾，所以人们俗称月宫为“蟾宫”。

随后进入月亮的，也不是嫦娥，而应当是玉兔。蟾蜍和玉兔居月宫，最早见诸文字的，是屈原的《天问》：“厥利维何，而顾菟在腹？”顾菟即蟾蜍，菟与兔字形相近，玉兔大概由此生。另外，闻一多先生在《天问释天》中认为是“一名析为二物”。玉兔与蟾蜍发音相近，玉兔就凭空而生。

不管是字形还是字音所致，玉兔还是来到了月亮里。它和蟾蜍在月亮里干什么？最早好像是什么也不干的。但后来嫦娥来了，一切都变了。

嫦娥奔月，始见于湖北江陵王家台出土的战国秦简《归藏易》中《归妹》卦辞：“昔者恒（嫦）我（娥）窃毋死之药于西王母，服之以姮（奔）月。将往，而枚占于有黄。有黄占之曰：‘吉，翩翩归妹，独将西行。逢天晦芒，毋惊毋恐，后且大昌。’恒（嫦）我（娥）遂托身于月，是为蟾蜍。”[1] 这个记载，与后世完善后的嫦娥奔月有很大区别，一是没有后羿的影子，嫦娥是直接从西王母处偷到了不死药；二是奔月后，嫦娥化成了蟾蜍。从这个神话中我们还可以看到，嫦娥是个小偷，虽偷的是西王母，但仍然是小偷，最多可以冠名为古往今来最成功的小偷；另外是她的下场不怎么好，虽得长生不老，却化成了一只难看的癞蛤蟆。对于女人来说，容颜之美有时甚于性命，化身难看的蟾蜍，对嫦娥来说，不啻为一个致命的打击。这其中，大概也含有古人对偷盗行为的贬斥吧？

嫦娥与蟾蜍形象的析离，应该是在汉代。从汉画像石看，嫦娥已是美艳妇人，蟾蜍在其侧。东汉张衡《灵宪》：“羿请无死之药于西王母，姮娥窃之以奔月。将往，枚筮之于有黄……”所记与《归妹》卦辞相仿，但嫦娥已是东夷英雄羿的妻子。相

---

① 郑先兴《汉画像的社会学研究》，开封：河南大学出版社，2009。

传为西汉刘安主持撰写的《淮南子·览冥训》记载："羿请不死之药于西王母，恒（嫦）娥窃以奔月，怅然有丧，无以续之……"（高诱注："嫦娥，羿妻。羿请不死之药于西王母，未及服之，嫦娥盗食之，得仙，奔入月中，为月精。"）在这里，嫦娥不是从西王母那里偷药，药，已是从自家丈夫处得来。既然是自家的东西，"盗"的痕迹减轻，只是私下服食。另一个惊人的变化是，她不用再化为蟾蜍了，在月宫中，她仍是楚楚动人的美女。美丽的女性本身就是光（容光），至此，月宫里才突然变得真正明亮起来。

嫦娥奔月，与不死之药有关，所以她化为蟾蜍时，要捣药。但在徐州地区出产的汉画像石中，蟾蜍捣药并不常见，常见的是玉兔捣药。晋代傅玄的诗云："月中何有？白兔捣药。"在这一连串的神话变故中，最倒霉的是兔子。在月宫这个小型的药物加工车间里，只有它是个苦力。

嫦娥神话的演变，完成了人类从生殖崇拜到希求长生的观念大转变。长生，应该是人类对生命的终极梦想，现在的人，仍在用现代科技为延年益寿而上下求索。从汉代开始，月亮里的捣药声一直在响着，像美好的梦被不断提示。

月亮是皎洁的，满月的时候，据说有人能看见捣药的玉兔，那是月亮上的阴影所致。有时候我想，如果月亮没有阴影，我们的古代神话大概要重写了吧。阴影，也是美丽神话的源头之一。对阴影的观察，应该是人们不断修改神话的重要依据。再后来，人们似乎看到了更多的东西，比如，他们又看到了一棵高五百丈的桂花树，看到了伐树不止的吴刚。《酉阳杂俎·天俎》记载："月桂高五百丈，下有一人常斫之，树创随合。人姓吴名刚，西河人，学仙有过，谪令伐树。"

这是个带有悲剧性质的场面，"树创随合"，吴刚永远也砍不倒高大的桂花树，这有点像西方希腊神话中推石上山的西西弗斯。存在主义者加缪认为，西西弗斯的命运是人类生活的隐喻，即人生的终极意义就是毫无意义。这个结论实在是过于悲观了。

吴刚是汉代西河人，但《酉阳杂俎》是唐人所作，所以汉画像石中没有吴刚的影子。在汉代，月亮上还是生机勃勃的，神灵们在忙碌（捣药），给人间制造着希望。到了唐代，那里面才散发出了悲剧命运的气息，虽然唐在中国历史上也是一个那么强盛的朝代。汉月与唐月相比，汉月上的阴影有种健康向上的梦幻美；唐月上的阴影，虽也美得悲壮，却更像是人们的一块心病。

石板街

去淮安河下镇，印象最深的是那里铺路的石板。

运气出奇的好，一路豪雨，临近镇子时，却住了雨脚。我和朋友从小车的铁壳子里钻出来，看见许多人也正从屋子里钻出来，街道由冷寂变得热闹。那些青砖黛瓦的建筑，古意盎然，使我在某些瞬间产生了错觉，仿佛看到的人都是古人，影子，晃动在从前的某个朝代里。

街道边的石头也容易让人产生错觉，丢在墙旮旯杂草里的一块没用的石头，或是摆在墙根下做凳子用的石头，猛一看，觉得很普通，再看，感觉就不一样了，它们身上坑坑洼洼，由于岁月的磋磨，有的甚至褪尽了当初錾凿的痕迹，变得圆润光洁，有点像古老河滩上的卵石。

岁月如流。这样的词有多么准确，看看这些石头就可以知道了。

古镇里最多的是铺路石，许多已废弃，随便丢在巷子深处，或者就摆在窗前屋下。在一家什么厂子的大院子里，我们忽然见到了大批的这种条石，总有几千块，堆积如山。长的在一米以上，短的不盈尺。很容易辨认出来它们当初朝上的一面，上面布满了大大小小的凹坑、车辙印，不见了尖锐的棱角。有些石头由于磨损严重，呈现出柔和的曲线，看上去给人软塌塌的感觉。我踩着积水过去，在这些石头上站了一会儿，心中感慨万端：有什么能禁得住岁月的击打呢？连坚硬的石头到最后都摆出了这样的姿势，仿佛当初强硬的立场和世界观都改掉了。

这种石头，无论放在哪里都是扎眼的。我到后来才注意到，这不光是因为它们的外形，还因为它们的颜色。它们大都是土黄或者透出点红色的麻石，一块一块，像固体的阳光，带着一点温暖、一点黯淡，与青灰色的镇子形成了鲜明对比。

从前的辉煌，历经岁月淘洗遗落下来，是否就该是这种颜色呢？

除了堆积在院子里的和零星散置的，许多这样的石头还在被使用。小镇深处，古意更浓，老巷子弯弯曲曲，旧民宅瓦椽不整，老店面窗铺半朽，随便走进一处宅院，都能在浓重的湿气中嗅到深长的历史气息，雕花窗棂、檐兽、陶缸、红木桌椅和青花瓷器上幽幽的釉面，光泽隐隐透出了前世的热闹和繁华。据说明清鼎盛时期，这里有二十二条街、九十一条巷，会馆、寺院林立，商铺鳞次栉比，私家园林比之扬州城内的高堂曲榭毫不逊色，但现在大都已被毁去，所遗不过十之一二。

这些石板皆非本地产。史料记载，当初盐运盛时，大运河、淮河上来往的舟船，去时载盐，返回时捎带石板压船，卸于河下，富有的盐商便购来铺路。数十年下来，这里的街道上铺满了来自全国各地的石板。原来，像那些从远方迁居小镇的人一样，这些石板都曾随船只旅行，沿着古中国庞大的水系，压着波浪、涛声，最后落户在这里，成了古镇的居民。仅仅探究一下它们的来路，已是一段传奇。

然后，它们以最低的姿态，托举着小镇，使它达到了繁华的顶点。

这曲折的石板上，走过最多的大概就是盐车。明中叶以后，淮北盐运分司等盐务机构由涟水迁至河下，沿海各地所产淮盐，全部运到河下，经检验抽税后再分运各地销售。这么一个小镇子，成了全国食盐的集散地，一时运输商、盐商云集，这里也成了运河边至关重要的商埠。这些小小的石板街，都是当时北盐南运的重要通道，狭小的巷子里，竟然曾呼啸滚动过影响整个国民经济的商业洪流。

除了盐，还有粮，还有竹木铜铁……自明代起，湖广、浙赣、苏皖等省漕粮必须经此地停留，等待漕署官员查验成色数量，方可北上，而回程之船携带的商品亦在此集散。永乐年间，平江伯陈瑄创办清江造船厂以后，这里更是成为造船物资的集散地。如今在河下镇的街巷里，还可以看到打铜巷、钉铁巷、估衣巷、竹巷、绳巷等街道。每个名字里，都可窥见当初商业经营的品类和其盛况。

商业的发达，让许多外地人纷至沓来，聚居于此，带来了更多的尘世浮华。“十里朱旗两岸舟，夜深歌舞几时休。扬州千载繁华景，移在西湖嘴上头。”这是明朝邱浚描写古镇盛况的诗句，“西湖嘴”即今河下镇。还有琵琶刘街、花巷街、菜巷街、西湖嘴街、粉章巷、干鱼巷等众多见于典籍的街巷记载，都是从前的生活画卷留下的印痕。这些遗落在书籍中的诗句和名字，根本不用深究，只要稍微看一眼就能让人心旌摇荡。

富庶还养护了这里的深厚文脉。从元朝起，山阳县儒学馆就建在这里。清代，镇上的“桂宦”藏书楼闻名天下,《西游记》作者吴承恩也生活在这里。据统计，仅在明清两代，这里就出了两名状元、一名榜眼、一名探花、十一名翰林、近百名进士，有户人家甚至出了六名进士。一个小镇有这样的科考成就，海内罕见。想象吧，曲折深巷的院子里，曾飘荡过多少琅琅的读书声。而当报喜的骏马跑过时，伴着清脆的马蹄声，又有多少人的心也像这石板一样，迸发出了璀璨火星。

这石板上还招摇过皇家的辇乘。康熙、乾隆两帝数度南巡都经过这里。“运河两岸周鹅黄步障包荒，中间错落点辍亭台殿阁，间以林木花草。时在春末夏初，林花萱草牡丹芍药绣球，一一争妍，由西门至于府前，家家舒锦悬灯，户户焚香燃烛。”（王光伯《淮安河下志》卷十三）这样的文字，是皇帝们奢靡巡幸的实录，是盐商极尽献媚邀宠之能事的见证，也是古镇繁盛的最好注脚。

少数的石头见证过更久远的历史。这里是古代名将韩信、梁红玉的出生地。韩世忠、梁红玉曾驻兵于此与金兵对峙。金戈铁马的杂沓之声，给这座古镇平添了许多铁血内涵和坚硬的元素。

征铎、霜迹、黄河淮河运河的涛声、深巷卖花声、酒旗招展声、吆喝声、吴楚燕晋各地的方言……在巷子的随便哪个地方静静站一站，都会有亦真亦幻之感，过去的时光和现在的时光交融在一起，历史深远的回声悠悠传来。无数风景在回声中浮现，无数人间烟火、歌舞升平和繁华豪奢依稀可见。

但所有的烟云都跑过去了，只有这座镇子还留在这里，只有这些老石板还留在这里。坑坑洼洼的石板上，踩来踩去的已经是现代人的脚步。要经多少脚步、车马的磨损，才能造就这些坑洼？岁月是峥嵘的，而这些石板的外表却越来越随和、温婉，棱角都已失去，像磨损了边角的古籍。

俯视一下这些坑洼，让人永远无法停止怀想和叹息。一块块石板，是一部部无字的书。

我们顺着一条小巷走到尽头，登上几十级台阶，就站到了古运河的大堤上。运河水在静静流淌，虽然多日落雨，河水也不见汹涌之势。一条古老的河，由于见过太多，也许已变得宠辱不惊了吧。回头看镇子，许多屋脊已落在脚下。地势低于运河，这该是镇子得名的原因吧。

雨又下起来。我们顺着来路往回走，镇子重新变得空阔。迷蒙的雨雾中，那些饱经风霜的古宅，像重新回到了古代，石板也全都湿漉漉的，晃动着明亮的水洼。物换星移，一切都变了，只有雨还没变，还和古代时一样，倾泻在石板上，使这些石板凉凉的，像是历史最后的体温。

在佛堂镇做一条鱼

在佛堂镇，想做一条鱼。

那是在一条老街里，路两边全是几百年的老房子，抬起头来，我看见了一家古宅高大的门楼上青砖锲刻的双鲤图案，心中忽然就有了异想。

其实整个佛堂镇也像一尾鱼。义乌江的两条支流，在镇北汇合后，自北向南直冲而来，一条鱼一样的镇子就是迎着波浪诞生的吧。在一个吴姓人家的廊庑下，我看到一张航拍的古镇全景照片，俯瞰之下，一间间房子，覆着精致细密的小瓦，如同鱼族闪亮的鳞片，高高低低，起伏，跃动……那是一张冬天的照片，薄雪之下，镇子充满生机，又有种古老的安详。

仿佛为了应和我的想法，天上突然落下了小雨，砖刻双鲤转眼淋得精湿，原本灰暗的鱼，闪闪发亮，它们的鳍、尾巴，都灵活而有力。

古镇是幽深的，它的街道、房子、河流，甚至砖木上雕刻的动物、云纹，都是幽深的。我们能看清它眼前的姿态，却难以看清它身后绵延的时空。而如果成为一条鱼，一切也许就不一样了吧。一条在时光中自由游弋的鱼，肯定更能清楚地细说万物由来。

倘若已经是一条鱼，我必将对这条名叫义乌的江更加了解，并知道它从不同的方向奔腾而来，却又擦着小镇折转了身子向西流去的原因。这条江也将不再是纯粹地理意义上的江，船樯如猬，“船只泊岸如蚁附”（清嘉庆《义乌县志》），如果是一条鱼，我将对这里流淌的历史烟云和昔日繁华了然于胸。

如果是一条鱼，我将能说清这些弯曲的小巷，以及仿佛排列在梦幻深处的石板的过往。马头墙和窗花都是落寞的，那些“美人靠”曾沾濡了多少美人的眼泽、手泽，现在，上面已落满灰尘。而如果是一条鱼，我一定能说清那上面曾经飘移的颜色、青春、慵懒的年华、笑语、幻影。

墙角的苔痕、墙上黄色的光晕和檐角下的图案都有各自不同的言语。走过直街、横街，走过新码头、盐埠头、浮桥头、市基口……“四方辐辏，服贾牵车，交通邻邑”（清·杨春畅《万善桥记》），如果是一条鱼，在这熙来攘往的人群中，我将看见从前的人群。古老的叫卖声、小调、船泊码头的喧嚷都没有消失，它们一直存贮在一条鱼的听觉里。当一群人走过旧码头，又从桥的那边走过来，只有我知道，他们已从历史的那一边走到了这一边。

如果是一条鱼，我将不时地在街巷中出现，就像你们仰头时看到的这样，在一个雕工精细的“牛腿”上，我已变成一个孩子的坐骑。旁边，关公、寿星、佛手瓜、梅花鹿，都是我的伙伴。可爱的、胖乎乎的孩子，他的欢欣是所有人的欢欣，这一代人又一代人的孩子，一直鲜活如初，不曾丝毫变老，就像生命永远年轻。

在幽暗、静穆的厅堂内，光线迷离，红木桌椅上同时蓄积着生活的温暖和凉意，岁月静好，一对白发夫妇仿佛就是岁月本身。雨停了，天井里，金色的阳光倾泻，竹影在陶器和青瓷上婆娑，空气中丝丝缕缕缠绕的蔷薇花香和木柱上细小的裂纹有着奇妙的对应。

如果是一条鱼，街口的古樟树是我的老友，我明白它苍老的枝条和经历的风雨。关于这座镇子，因为知道得太多，它选择了沉默，但一直没有放弃抽叶，开花，喷吐香气。

如果是一条鱼，我将像一个人一样混迹在游客中间，随他们在古镇里溜达，听讲解员讲解。当他讲错的时候，我不说话。镇子是真实的，又有些虚幻。因为太古老，它一半在现实中，另一半，进入了文字和传说里。

如果是一条鱼，我还将出现在寺庙的木案上。“先有古佛堂，后有大佛堂”，寺庙的香火，是古镇繁荣的又一个源头。在寺外，有人会指给你看一处水塘，那是寺庙的原址。如果是一条木鱼，我应该是从那里上岸的吧。穿梭于市井和佛界，游走于浊浪和净水，我在禅房的诵经声中重新调整呼吸。

在佛堂镇，在大量的民居、宗祠、寺庙里，在精湛的木雕、砖雕、石雕和美轮美奂的壁画间，我仿佛真的是一条鱼了——古镇深处，你如果有了什么离奇的想法，也总是如鱼得水。

有半天时间，我觉得自己像鱼一样，在水里，在街巷，在空中，在石头、青砖、木器以及现实生活、历史、神话中，快乐地摆动尾鳍，看不够的金相玉质，阅不尽的沧桑灵秀。

半天时间，我分别是鲤鱼、鳜鱼、木鱼……也许是一条什么鱼并不重要，这些能够穿梭于时空的鱼，都是同样的鱼。

就像这座镇子，既古老又年轻，有繁华的过往和踏实的现在，性格多样又浑然一体。

就像它取名佛堂，因而同时有着俗世内外的双重幸福。

第二辑

聊斋主人

关于聊斋，郭沫若有一句联语："写鬼写妖高人一等，刺贪刺虐入骨三分。"此评，"写鬼写妖高人一等"是真的，至于"刺贪"和"刺虐"，我觉得却并非小说的主要内容。

蒲松龄是写鬼妖的高手。在中国古代的作家中，能与之齐肩者甚少，吴承恩算一位。神话小说领域，除此二子，别已不足论。《西游记》是长篇，胜在故事的连贯性，却更多的带有说唱文学的味道。《聊斋志异》是短篇集，比之《西游记》，文雅而有风致。若以语言论，蒲松龄更胜一筹。清代邹弢《三借庐笔谈》载，蒲松龄作此书时，常设烟茶于道旁，"见行道者过，必强执与语……偶闻一事，归而粉饰之"。粉饰，是要看作者的功力的。

贪和虐，古今不绝之症，常常是社会主要矛盾的源起。大略源于此吧，谈及聊斋，许多人都会不自觉地把"刺贪"和"刺虐"作为该书的"第一个主要内容"。但若仔细留心一下，事实上并非如此。《聊斋志异》一书，凡五百篇，以篇数论，第一大类是爱情婚姻类，写鬼狐花妖迷恋穷书生的；其次为科考类；再次为其他。“刺贪”和“刺虐”可能是客观效果，作者的主观愿望或曰在其潜意识里，则意有别属。

那么，蒲松龄究竟想要写什么呢？光看小说是不够的，作品与作者映带，方好理解。

蒲松龄（1640—1715），字留仙，一字剑臣，别号柳泉，山东淄川（今山东省淄博市）人。先世是读书世家，可惜功名一直不显，其父还经过商，到蒲松龄时，“家业益贫”。蒲松龄一直以为“缙绅先生家”教蒙馆为业，考了一辈子科举，终未有所成，穷其一生，未脱贫书生之窘境。谈及小说的创作，他在《聊斋自志》里说：“才非干宝，雅爱搜神；情类黄州，喜人谈鬼。”又说：“集腋为裘，妄继幽冥之录；浮白载笔，仅成孤愤之书。寄托如此，亦足悲矣！”他当然是有所寄托的，《聊斋志异》浪漫主义气息浓郁，而作者的心底却十分悲凉。我以为，蒲松龄的写作，是在用小说从精神上为自己造一个海市蜃楼。小说中的穷书生，或多或少带有作者的影子。一个做着举业梦的人需要什么？需要富贵、爱情，更需要有人赏识他的才华。不管怎样，读书人总会以为自己肚子里的那些货还是值几个钱的。不看见这一点，不容易理解聊斋。所以，硬说他是封建斗士的人，不是误会，就是有某种另外的需要。蒲松龄的形象没有也不必有那么高大。

古人尚读书，“万般皆下品，唯有读书高”，又曰“书中自有黄金屋，书中自有颜如玉”。“黄金屋”和“颜如玉”，说穿了，名利耳。那时，科举取士。八股的好坏且不去说它，但对于一个寒士而言，若想出人头地，除了读书，似乎并无其他更好的选择。但天下滔滔，皆为功名而来，未免得意者少，失意者多。况且一沾上名利，背后就会生出无穷的猫腻来。蒲松龄少负才名，十九岁时接连考取县、府、道三个第一，补博士弟子员，声满乡里。在科举路上，他也是风光过的。但其后屡试不中。四十五岁在济南应试，因病未能终场。四十八岁再次应试，又不中，五十岁后“犹不忘进取”，七十一岁时才援例出贡（四年后卒）。读书人的执拗、执迷不悟，在科举上得到了最彻底的体现。蒲松龄对科举的热衷，在小说里也依稀可见。聊斋里人物，鄙视功名者很少，如：东昌名士王子安，做梦都梦见自己高中（《王子安》）；叶生“文章词赋，冠绝当时”，却屡试不中，死后仍不甘心，化鬼助赏识自己的县令之子考中举人（《叶生》）。从目前资料来看，蒲松龄对科举制度本身也并无恶言，矛头所指，皆为“帘中人”，即制度的执行者。困于屋场，潦倒一生，文章无人激赏，奈何？于是，神畜狐鬼生。

蒲松龄是在二十岁后即着手写作《聊斋志异》的，到五十五岁成，其后增补、修改，直至晚年。期间持续达五十年。这五十年，蒲松龄一直也在忙于科考。两者同步进行，现实中没有得到的，小说里全有了。《聊斋志异》中，男主人公一般为青年儒生，故事开始时一般是很潦倒的，数百字或千字以后，美人、车马、良田、功名皆备。有时我想，蒲松龄若高中了会怎样？不过是故事化为现实罢了。那些狐鬼大约就不用再托文字登场，自有真实的人来取代。

看这样一段文字：“农场住屋三间，旷无四壁，小树丛丛，蓬蒿满之。”这样的场景，《聊斋志异》一书中相似者甚多，是很适合鬼狐登场的。但它不是小说中的场景，实为蒲松龄住处的写真。所以，小说写作正是作者精神上的自给，故事如致幻剂，对其胸中积郁的释放之用可作正解。

小说中的爱情篇章，历来为人传诵，以为写出了“人民对于美好生活的憧憬，含有强烈的反对封建礼教的精神”（《中国古代文学史纲要》，吴锦、顾复生主编）。但我以为此说不确，因为作者正是在这里露出了马脚。读聊斋，只要留心一下就可以看到，那些美女所爱，皆为青年儒生（只能算作“人民”的一小部分吧）。仅此一点就可证明，所谓爱情，恰是蒲松龄作为读书人的自恋情结。爱儒生的什么？为其风流儒雅，更为其通过科考可期美好前程的可投资性。只不过这些骨子里不变的东西，被浪漫的故事情节给带走了。

蒲松龄写情事总是艳帜高张，一部聊斋，门临旷野，从神到人，从动物到植物，如嫦娥、甄妃、狐狸、香獐、老鼠、鹦鹉、荷花……大千万物中只要是雌性或可以安排为雌性者，都能被拉上书生的床。青年儒生——似乎只此一个身份就够了，能吟得诗，做得文章，便足以获得美女青睐，纷纷投怀荐枕。如慕生泛舟洞庭，刚念了两句诗，水中的女鬼就害了相思病（《白秋练》）；秀才王文游学，美狐没来由地就“秋波频顾，眉目含情”（《鸦头》）。其余则推门而来者有之，透壁而入者有之，窗前墙外谈诗赏文，进门后却大抵就会在床上。

而且，除了青年书生，蒲松龄是不大肯把艳遇分给别人的。岂止如此呢，《红玉》中，秀才冯相如坐月下，“忽见东邻女自墙上来窥”，就“招以手”“固请之，乃梯而过，遂共寝处”。

但几乎是同样的情节,《婴宁》中邻人之子见婴宁甚美，不免想入非非。可惜他不是读书人，便为婴宁所诱，死于枯木窍中的巨蝎。其中区别甚大，甚而残忍。婴宁爱笑成痴，篇中的她或执梅花“笑容可掬”，或捻杏花“含笑而入”，或户外哧哧笑不已，花人相映，色笑同辉，何其天真烂漫，蒲老先生竟狠下心来让她去杀人！而且受了他文字的魔力，我曾长期以为，那邻家的儿子确实是该死的。

好故事，也是蒲松龄对天下读书人的安慰。这样说，聊斋才似乎有更加正大的流传理由。而托之于狐鬼的好处在于，其一，化现实之不可能为可能；其二，狐鬼者，皆有异能，自带锦衣玉食，不用供养，合书生一穷二白之境。穷书生总是窘迫的，而一旦入神话，一切都迎刃而解。

数百年后之今日，再读聊斋，神话显得愈加遥远。

穆桂英

中国古代的巾帼英雄并不多，但名字却很响亮，如穆桂英、花木兰、梁红玉等。她们的事迹，以其在老百姓中的普及程度，穆桂英大约可排第一。花木兰的事，见于口头文学的极少，她是《木兰诗》的受益者。但一首诗的容量毕竟太少，她的形象还是比较模糊的，直到豫剧《花木兰》出现，她才真正从典籍中脱离出来。梁红玉击鼓战金山的事迹很早就通过艺人之口传颂，但只此一项，其他方面也很少，终究单薄。形象最丰满的是穆桂英，她在生活和战场上都有详尽的故事。她的爱情富有传奇性，让人百般回味。但更重要的是其卓越战功，胜过了载入古代史册的诸多名将，在抵御外侮上，她能把一大帮爷们儿给压下去。看穆桂英的戏有个感觉，大宋朝到了危难的时候，全靠她撑着，没她，早亡了。

不过，穆桂英大概只能算舞台上的英雄，她是被渲染出来的。没有评书，没有戏曲，没有《穆桂英挂帅》《战洪州》，就不会有穆桂英的家喻户晓。

说穆桂英是戏里的英雄，不妨先抛开戏剧，查看一下她的身世。

说穆桂英自然要先说杨家将。杨家将在历史上是千真万确存在的，《宋史·杨业传附杨延昭传》说，杨业，并州太原人，本来是后汉名将，屡立战功，所向克捷，国人号为“无敌”，后来归降于宋，“帝以业老于边事”，令其主持北边军务，曾经多次阻击南下的契丹军，杨业战死后，其子杨延昭也“在边防二十余年”。杨延昭之子杨文广也以边防名于史，但他当时只在军中任普通军官。杨文广曾经向朝廷献御辽的阵图和收复幽燕之策，然而未及得到答复就去世了。在这里我们发现，戏曲里最重要的两位抗辽人物未能入《宋史》，那就是穆桂英和她的丈夫杨宗保。还有一点就是，杨宗保根本不存在，因为杨文广的父亲是杨延昭，而杨延昭是否有子名宗保也有待考证。

这样看来，穆桂英有点像凭空捏造的人物。不妨再看看其他的资料。据卫聚贤《杨家将及其考证》一文，穆桂英的“穆”姓是“慕容”一语的音转。慕容氏作为古代鲜卑贵族，久有尚武的传统。欧阳修《杨琪墓志》记载：“杨琪初娶穆容氏，又娶李氏。”杨琪是杨文广的堂兄。翦伯赞先生曾经在《杨家将故事与杨业父子》中指出，既然杨琪娶了穆容氏，杨文广与穆容氏联姻，自然也是可能的。但这样的观点，已掺杂了太多的想象成分。

史料不足，但不妨顺着前人的研究再想象一下，比如，“慕容”一语的音转为“穆”，不如转为“穆桂英”更合理，因为后一种转法，两者的音更接近。这样说来，穆桂英可能只是一个姓？不过再想一想就可释然，杨文广的妻子慕容氏无名字的可能性很大，因为古代的中国妇女无名者居多，而英雄，是不能有姓无名的，“慕容”一旦音转为“穆桂英”，就把这个障碍解决掉了。

那为什么又出了个杨宗保呢？据有些书籍记载，杨延昭与杨文广之间年龄相差太大（估计是老来生子），加进去一代人是可以的。于是，又一代杨家将的代表人物——杨宗保出现了，而且不知怎么一来二去，竟成了穆桂英的丈夫——当然，这已完全是民间文学的加工效果了。

总之，穆桂英出现在戏曲及传说中时，已是另外一个人。年轻时，她是穆柯寨寨主之女，武艺超群，美艳聪慧，传说有神女传授神箭飞刀之术。她与杨宗保交战，生擒杨并招亲，使其形象因柔情的一面而血肉丰满。她归于杨家将之列后，成了杨门女将中的杰出代表。她破天门阵，解洪州之围，大捷葫芦谷，英爽无敌，五十岁还挂先锋印，深入沙场，力克番人。她是美的多棱镜、集合体。

穆桂英最动人心魄处，不但在于她的美艳，还在于她能打，无往而不胜。记得小时候看舞台上的穆桂英，她一出场，台下就喝彩声一片。那时候，饰演穆桂英的，必定是戏班子里最漂亮的女子，从饰演者到角色，都深获人心。她左手握野鸡翎子，右手持刀，亮相，唱：这几年没到边关转，砖头瓦块都成了精……这是豫剧《战洪州》中的台词。什么蛮兵番将，她根本就没拿正眼瞧你，那个轻蔑和气魄，让人销魂呀。及长，会动脑子了，疑惑起来：穆桂英既然不见于典籍，那么，国人为何要造这么一个能压倒一切爷们儿的女豪杰呢？

女人是不宜于战场的，记得当年英国元帅蒙哥马利访华，我们领导人兴致勃勃地请他看豫剧《花木兰》，问其观感，这个英国佬却摇头说，女人就该做女人，怎么能当将军呢？听了老蒙的话，当时在场的人有何反应，我不知道。但初次看到这个故事时，我却心中一震，是啊，战争，本来就是男人的事，尽管穆桂英在舞台上纵横驰骋，可以让今天的中国女性自豪，甚至连男人也连带着自豪起来，但是，这其中是否藏着国人一直以来无法自察的东西，比如，当我们以新的目光再次回溯历史的时候，不禁要问：女子们驰骋疆场的时候，男人们在哪里？

穆桂英不比梁红玉，梁的身后还站着个高大的韩世忠，况且，还有同时代的巨人岳飞，梁最多算个点缀。穆也不比花木兰，《木兰诗》也没怎么夸大花木兰的战功，且花木兰是女扮男装的，再英勇，还有一张表面的男人面皮。穆不但是真真切切亮出了女儿身，而且还是以救世主的形象出现的，且有一大帮平庸的男人做背景。于是，我又依稀记起戏中一辽将的念白来，大意是：你们大宋朝没男人了吗，竟遣一帮女人出来打仗？这话毒呀，一个国家若非雌了男儿，怎么会把自己的母亲、妻子、女儿驱上战场？

穆桂英只能是舞台上的英雄，客观分析一下，她也是很难在现实中出现的。中国的女人，从陈后主时开始裹足。宋朝重理学，杨家是宋的重臣，全府上下的女人大概不会以留天足为美吧。试想三寸金莲走路尚难，更别说跋山涉水、冲锋陷阵了。我记得穆桂英的戏中有一个情节：她身怀六甲，仍持绣戎刀在马上与敌盘旋，结果动了胎气。但她强忍腹痛，终将对手斩于马下。这样的戏，不但于史不合，于情于理亦是难于成立的。

这个推测多少有些残酷。穆桂英的民间故事肇始于何时，我没有考证过，但最早编故事的人，也许心中含着忧愤和绝望吧？中国的文化，秦皇汉武的雄强之美占的比例甚少。穆桂英形象，仔细推敲，美的背后，是否掩着我们的短处？

但穆桂英的形象，实在是太完美了，长久以来，其戏剧的娱乐性，掩藏了人内心深处的焦灼和危机感，甚至完全将之消磨掉了。比如现在的影视中，她打败外敌直如儿戏，其社会意义中凌厉的一面遭到弱化，而另外的情趣突显，比如她擒获来犯将领招为夫婿，打败公公以杀他的傲气兼争取婚姻自主，甚至其活泼可爱、耍蛮发嗲等，都含有女性特有的情致和趣味，看了让人轻松，发出会心的微笑。

穆桂英的故事仍会世代流传，看了她舞台上的飒爽英姿，现在的中国男人也不会赧颜。但作为妇女英雄，她光彩照人的艺术形象毕竟像一面镜子，照出了些我们需要再看一眼的东西。

孔子与卫国美人

孔子谈到女人，大家都知道他有句传诵千古的感慨："唯女子与小人难养也！"为什么呢？他接着解释道："近之则不逊，远之则怨。"这个意思是，女人呀，你给她个好脸色，她就忘乎所以，对你无理起来；你要是疏远了她，她又会怨恨你。怎么跟她们相处呢？难啊！

孔子对女人无疑是有意见的，不然不会把女人与小人并列，而且女人是放在小人前面的。从他的感慨里给人一种感觉，他似乎是吃过女人的亏的，吃一堑长一智，咱们圣人的智慧不是天上掉下来的，也是吃亏上当才得来的。毫无疑问，他老夫子懂女人，而且，可能还是个中高手，因为他这个"远之""近之"的论述，更像是一种经验总结。那么，怎样才是不远不近恰到好处呢？孔子没说。说了就不是孔子了。或者，他说了，弟子们不敢记。要是这样的秘技也被写在了《论语》里，岂不把千秋万代的中国人都教坏了。孔子不能干这个，孔子的弟子也不能干这个。孔子是圣人。

我之所以冒着被孔子传人暴打的危险推断孔子是懂女人的

高手，还有一个证据。大家都知道孔子编改过《诗经》。《诗经》里有一篇《小雅·棠棣》，孔子在评论其中的“唐棣之华，偏其反而。岂不尔思？室是远而”时说：“未之思也，夫何远之有？”意思是：还是你不想念对方，如果真的想念，有什么遥远的？一句话戳穿了那些在恋爱中口是心非的男人的鬼把戏，没有高深的功力，怎能有此精辟论断？是啊！有缘千里来相会，周游列国的孔子，对此肯定有比一般人更深刻的理解。

孔子没有正面专门谈论“爱情”，但他对爱情无疑是有独到见解的，只要不太拘泥于他的圣人身份，在读《论语》和他编定的《诗经》时，常常能看到蛛丝马迹。比如他还在《诗经》里保留了“中媾之言，不可道也；所可道也，言之丑也”这样的句子。“中媾”就是男女交欢，孔子认为这很正常，但是你不能说出来，一说出来，就不好了，像在谈论丑事。

说到这里，那么，孔子的一生中有没有过风流韵事呢？我的看法，可能是有的。注意，我说的是可能。前文说过，从孔子沧海桑田般的感慨中看，他好像吃过女人的亏。那么，这些个女人都是谁呢？

让我猜猜。其中，可能有一个叫南子的女人。

南子是谁？南子是卫国国君卫灵公的老婆，生得花容月貌，容颜绝丽，是名副其实的美女。不过，南子已经不是单纯意义上的美人和国君老婆，一是卫灵公对她极为宠信，宠信到什么程度？只要老婆看着不顺眼的人，要么死，要么滚，从卫国消失。比如太子，也就是卫灵公的儿子蒯聩得罪了南子，就被迫跑到了晋国去。二是南子权势惊人，卫灵公虽是国君，但对她言听计从，她实际上是卫国真正的掌权者。三是这个女人私生活极不检点，声名狼藉。比如她和宋国的公子朝有一腿，她还有本事让卫灵公把公子朝招到卫国来和她幽会，殊不知南子未嫁之时就和公子朝暗通款曲，久别重逢，两人自然干柴烈火。此中隐情卫灵公是否知道呢？咱们说不清。不过，卫灵公这么纵容南子，也是因为有把柄在南子手里捏着，因为灵公好男色，与一个叫弥子瑕的同志打得火热。总之，这对夫妻是国父不像国父，国母不像国母，卫国的百姓摊上这样的领导，也活该他们倒霉。偏偏孔子为实现自己的政治理想也来到卫国，被他撞上了，自然生出事端。

孔子一到卫国，就得到一个消息：南子要见他。孔子为难起来。南子要见孔子，为的是什么呢？是要讨教学问，还是心生爱慕？明眼人一看就心知肚明，孔子身材伟岸，相貌堂堂，且声名显于天下，既是玉树临风的帅哥，又是才华横溢的大名人，所以，南子的讨教学问肯定是个幌子，没说出口的才是真正的目的。孔子也肯定知道这一点，他思量一番，就拒绝了。照咱们的想法，孔子毕竟是孔子，他到卫国干什么来着？是施展政治抱负来了，事业第一嘛，至于儿女私情，在他心中肯定连第二第三位也排不上。所以，不见。

不过，换个思路，不把孔子看得太神圣来想一想，这大约只是孔子心理活动的一种可能。另一种可能是，老先生是要摆摆谱儿，他对自己的魅力指数很有信心，料定南子还会再来请的。（掌嘴，看我说到哪里去了。）

这个揣测先撇在一边，单说南子遭拒，岂肯甘休。她是什么人？她是卫国最有权势的女人，想办的事岂能办不成？于是，第二天，信使又送来了消息："四方之君子不辱，欲与寡君为兄弟者，必见寡小君。寡小君愿见。"（《史记·孔子世家》）这等于向孔子下了最后通牒，你不是来卫国游说的吗？你不是想在这里实现你的政治理想吗？那你必须得先见见我。身居内宫的贵妇人深谙男子的弱点，搬出官宦仕途威胁孔子，这等于拿捏住了孔子的软肋。不过毕竟南子多情，威逼之后又动之以声色：小女子就愿见您！

这样的软硬兼施，仕途坎坷的孔老夫子招架不住，权衡利弊，只得前去。

孔子见南子，按照太史令司马迁先生的记载是这样的："夫人在絺帷中。孔子入门，北面稽首。夫人自帷中再拜，环佩玉声璆然。"这个接见场面，令人浮想联翩。以南子的性格，本该开门见山言语挑逗加美色相诱，可她偏偏隐在帷中，不见佳人唯闻环佩玉声。那种若隐若现的朦胧之美足以把圣人搞蒙了。

接下来发生了什么？不知道，因为就在咱们屏住呼吸欲读下文的时候，司马迁却戛然止笔。"孔子曰：吾向为弗见，见之礼答焉"不过以咱们的揣测，司马迁停笔，大概有两种可能：一是少儿不宜，那时又不时兴"□□□□□此处删去多少多少字"，只能打住；二是司马迁写了些什么，他毕竟是令人尊敬的史家，有责任把真实的情况披露给世人，但在政审时没过关，被主审官给剪掉了。不管怎样，圣人还是圣人，未因见了南子而有丝毫受损。

但根据事后的史书记载，还是露出了不少蛛丝马迹，使人相信，孔子和南子之间还是发生了点什么。首先提出质疑的是子路。作为孔子的学生，子路以勇武和心直口快著称，他想到了什么，自然不会憋着不说，即使对方是自己的老师。想想也是，南子约见孔子，如果是在大殿之上，甚至是与卫灵公一起，宾主之间谈理问道，就没人说什么了。可她偏偏安排在密室之内，又撇开了年迈的老公，肯定是有想法的。所以“子路不悦”，意思是子路很不高兴，大约还说了些过激的话吧。这下子孔老夫子沉不住气了，于是“矢之曰：‘予所否者，天厌之！天厌之！’”《论语·雍也》这一句虽不长，含义却挺复杂。“予所否者”可理解为替南子开脱，意即你们对南子的看法是不对的，如果南子真的很坏，天会惩罚她的；也可理解为替自己开脱，即你们的揣测是没有道理的，我要是干了那样的事，老天爷惩罚我。问题是，连着说两个“天厌之”，有必要吗？摆明了心虚。前面的那个“矢”也有两解，一是用手指着（态度严厉），一是把箭折断或者插在地上来发誓。乖乖，若是后一种，正说明老夫子被弟子戳中了要害，方寸大乱呀。

不管怎样，老夫子的破绽都不少，难以自圆其说，只能搬出老天爷，疾言厉色地把事儿先糊弄过去。

但故事还没有到此结束。司马迁先生接着记道：“居卫月余，灵公与夫人同车，宦者雍渠参乘，出，使孔子为次乘，招摇市过之。孔子曰：‘吾未见好德如好色者也。’于是丑之，去卫……”意思是一个月后，卫灵公和南子以及孔子乘车过大街，卫灵公和南子一车，在前，孔子单独一个车，在后。结果呢，老夫子十分不满，嫌卫灵公好色，一气之下离开了卫国。这事儿十分奇怪，人家卫灵公跟夫人同车就算好色吗？太牵强。不跟夫人同车难道还跟你同车吗？没道理。说人家好色，大概是自己心里酸溜溜的吧。哎，孔老夫子，你吃的哪门子干醋呀。这也从侧面证明了，他跟南子的关系大约是真的有些不清不楚的。

孔子走了，他跟卫国美女的事儿告一段落。然而十多年后，他的学生子路死在卫国。子路之死，也跟卫国美女不检点的私生活有关。

还是先说说这个南子。几年后，年老的卫灵公去世了，南子立卫灵公的孙子蒯辄为君，就是卫出公。这个卫出公，是逃到晋国的太子蒯聩的儿子。

这里还要补叙一下。蒯聩是怎么得罪了南子被迫逃到晋国去的呢？原来，还是源于南子的淫荡。南子与宋国公子朝的艳事，不但卫国人知道，在宋国也被传为笑谈。一次蒯聩出差经过宋国，有宋国人嘲讽地对他唱小曲，内容十分不堪："既然已经满足了你们发情的母猪（指南子），为什么还不归还我们漂亮的公猪？"蒯聩听了羞愧万分，回国后决心杀掉南子。但没想到没杀成南子，自己的计划却暴露了，灵公大怒，他不得不逃亡到了晋国。本来他听到卫灵公的死讯后，也想回来争君位，无奈在南子的扶持下，被自己的儿子捷足先登，而且那些大臣也不拥护他，他只得在戚城先安顿下来，等待时机。没想到这一等就是十多年，正在他等得绝望的时候，另一个淫荡的妇人帮了他的忙，也间接把子路送进了死亡谷。

这个妇人就是蒯聩的姐姐伯姬。

伯姬当初嫁给了卫国的权臣孔文子，被称为孔伯姬。孔文子死后，伯姬的儿子孔悝执掌了卫国的军政大权，相当于“总理”兼“国防部长”。这时候，子路正在孔悝府上做家臣。

问题出在孔家另一个叫浑良夫的家臣身上。浑良夫是个高大俊美的帅哥，死了丈夫的伯姬正寂寞难耐，他便乘虚而入，成了伯姬的情人。天长日久，两个人不免想“修成正果”，但横亘在两人面前的一个巨大难题是地位悬殊。怎么办？这时候，伯姬想到了自己的弟弟蒯聩，于是让浑良夫到戚城找她的弟弟蒯聩想办法。结果两人一见面，一拍即合。蒯聩对浑良夫说：假如你能帮我当上国君，我封你为大夫，让你“服冕乘轩”，免你三次死罪，并将伯姬嫁给你。随后，浑良夫悄悄把蒯聩带入卫国的都城，帮助他胁迫了孔悝，用现在恐怖分子的手段将他劫持到一座高台，强逼他盟誓效忠。按照当时卫国的情况，掌握了孔悝，也就等于控制了卫国的局面。

这场政变最后以蒯聩的胜利告终，儿子卫出公出逃。但孔悝被挟持在高台上的时候，子路却得到了消息。子路当时已经六十三岁了，他闻讯后火速前往救援，就有人劝他说：你去也来不及了，不要惹祸上身吧。但子路不听，他认为自己拿着孔悝的工资，就不能逃避灾祸，于是赶到了高台，先是朝台上喊话，然后同蒯聩手下的大力士石乞等人搏斗。子路虽勇武过人，可惜上了年纪，猛虎难抵群狼，一不小心系在冠下的丝缨被击断，他说：“君子死而冠不免。”（《史记·仲尼弟子列传》）意思是即使死了，帽子也要戴正，于是他停下手把缨系好，石乞等人乘机一拥而上杀死了他。

卫国的几次动荡，都与美艳的妇人有关，或者说，是跟她们混乱的私生活有关。头一个南子因此逼走了太子，为日后的政变埋下了祸根。第二个伯姬则为了自己的“爱情”不惜发动政变。据记载，蒯聩去胁迫孔悝的时候，伯姬亲自出马，拿着戈当手杖走在前面，颇具战斗精神。帮着弟弟去捉拿儿子，这在历史上可不多见，可见女人色胆包天的时候，其勇气和献身精神，连男人也几乎自愧弗如。不但如此，他们还把孔子师徒裹了进来。

孔子自从“见南子”后即离开卫国，过了三年，孔子又去了卫国。这一次，他跟卫灵公仍然闹得很不愉快。卫灵公问陈（阵，战阵）于他，被他婉言拒绝，于是卫国住不下去，再次离开。后来卫灵公死了，他又到卫国，并在那里一住就是四五年，似乎对卫国情有独钟。这与南子是否有关？后来，他与南子还有没有瓜葛？史书上不再有半个字的记载，我们不好乱猜。但在周游列国期间，孔子在卫国的居留时间却是最长的，联想到当初他跟南子的相见，不免给人以余韵未了之感。

但子路死时孔子却是在老家鲁国。他听到卫国政变的消息，料定子路必死，果如其所言。子路唯一一次批评孔子与妇人有染是在卫国，他大概没想到自己最终会死在那里，而且是死于他批评过的妇人因为淫荡留下的遗祸。这其中，仿佛有某种宿命。

大唐三才女

丁酉年冬，出差成都，趁一个空闲去谒薛涛墓。墓在公园一角，公园在锦江边。青冢一座，石碑一块，竹林掩映，极冷清。回宁后，写诗一首：

薛涛墓前

不知传说是否适合你，
但这江水适合
你对流逝之物产生过的感情。

“唐时涛墓今不存”。
碑上，刻痕深；坟上，青草青。
满园竹子，无数节，
已不信吟哦，只信风。

又想起和薛涛齐名的唐代才女鱼玄机、李冶，感慨系之，做此文。

薛 涛

三人中，薛涛才最高。涛通音律，精诗词，多文采，明代胡震亨《唐音癸签》说她“工绝句，无雌声”，著有诗集《锦江集》五卷，今仅存明刻《薛涛诗》一卷，但仍为唐代女诗人中存诗之最。

薛涛在世时，即有“文妖”“扫眉才子”之誉。据《新唐书》记载，唐大和五年（831 年）秋，剑南西川节度使李德裕在成都府治之西建筹边楼，“日与习边事者筹划其上”，某次宴客，薛涛受邀出席，写诗一首：“平临云鸟八窗秋，壮压西川四十州。诸将莫贪羌族马，最高层处见边头。”雄浑豪迈，果无雌声，使满座宾客肃然起敬。

李对薛涛是激赏的，调任甫入成都，他就去拜访了这位才女。李开风气之先，自此以后，历任节度使都是一上任就去拜访薛涛，直至她去世。总之，薛一生都是蜀中重大交际场合上不可缺少的人物。

但表面的风光之下，她的一生却恰似她晚年做的那种彩笺——薛涛笺，看似雅丽，实则太轻，总是飘零无依。记得那日在望江楼公园的薛涛纪念馆里读她的诗句，读到后来，满心里竟都是叹息。

涛是名门之后，其父薛郧在京做官，逢“安史之乱”迁往蜀中。薛涛字洪度，名字纪念的正是那一段惊涛骇浪般的岁月。

就像这名字一样，薛涛的一生果然很不平静。但比起鱼玄机和李冶来，她又算幸运的。鱼和李皆因触犯律条被官府捕杀，薛却活到了六十多岁，无疾而终，算是合了“洪度”中“度”的祈愿。

除了名字，薛还有一则有名的“诗谶”故事。据说薛涛幼时，一天，父女二人以梧桐为题赋诗。薛郧念道：“庭除一古桐，耸干入云中。”才思敏捷的小薛涛随即接道：“枝迎南北鸟，叶送往来风。”薛勋大骇，认为这“迎送”“往来”之词乃是不祥之兆，预示了她以后的风尘生涯。果然，薛郧在薛涛十四岁那年去世，薛涛迫于生计，两年后只得加入乐籍。

唐代的妓文化之所以发达，还有一个重要原因，就是唐朝科举取士，诗赋是科考的内容之一，诗赋文章做得好，谁来传颂扬名呢？那就是艺妓。所以，那时的文人雅士特别爱和艺妓吊膀子。艺妓，蛾眉婉转，还要胸有文墨，多是卖艺不卖身的清倌人。薛涛凭着自己的天生丽质和才情，很快成了其中的翘楚。后来，名动全国的顶尖诗人，如元稹、白居易、牛僧孺、令狐楚、裴度、严绶、张籍、杜牧、刘禹锡、吴武陵、张祜等，都和薛涛有过唱和。（参：苏者聪《论薛涛其人其诗》）

唐德宗时，吐蕃势力日渐强大，不时侵扰蜀西、滇南，朝廷派中书令韦皋为剑南西川节度使，经略西南。韦皋不但军事才能出众，还有很好的诗歌修养。他到了蜀中，薛涛被召来侍宴。韦皋为试薛才情，命她即席赋诗。薛涛题下《谒巫山庙》。此诗甚好，尤其尾句“春来空斗画眉长”，赢得一迭声的赞好。其后，薛不但常出入幕府，还帮着做一些更有价值的幕僚文牍工作，类似于韦皋的女秘书。此时，韦皋尚嫌薛涛的名气不够大，于是对外界隆重宣布，由于薛涛才华出众，幕府准备奏报朝廷，请求让薛涛担任校书郎官职。艺妓当官，此前从未有过，消息一经宣布，轰动全国。此事后来并无下文，但从营销包装来讲，却极为成功。著名诗人王建推波助澜，写了首《寄蜀中薛涛校书》："万里桥边女校书，枇杷花下闭门居。扫眉才子知多少？管领春风总不如。"这样，"扫眉才子""女校书"之名天下皆知，甚而由各地前往成都办事的名士、官员，也竞相以一睹薛涛芳姿为荣。

薛涛还是太年轻了，这边门庭若市，却不知那边大帅已醋意大发，于是帅府颁下命令来，要她去松州慰问边防军。松州地处偏僻，气候严寒，说是公差，实为惩罚。好在她是机警的，于是，她写下了著名的《十离诗》，其声甚哀，算作一封认罪书，托人捎给韦皋。对此《四库全书》评道："涛以孤苦少女，寄强潘篱下，为此哀鸣，亦势非得已也。"说尽了薛涛的委屈。认罪有效，不久她就被调了回来。

但经此变故，薛涛心生退意，不久赎身成功，脱离了乐籍，退居在浣花溪边，开始了自己人生中另一段自由的诗人兼交际花生涯。

薛涛得历任节度使器重，其中又以与武元衡关系最为密切。《唐才子传》就有"武元衡入相，奏授（薛涛）校书郎"的记载。武是唐朝第一美男，风神洒脱，性格恬淡，诗也写得好，和薛涛甚般配。薛涛遇武元衡时，已经三十八岁了，仍能得宠爱，恐怕不唯靠美貌，更靠的是诗才。但若说甚于密切，或说有了真正爱情的那个人，恐怕又不是武元衡，而是元稹。

“曾经沧海难为水，除却巫山不是云。”这是元稹的诗句，我前不久看到一个“中国情诗排行榜”，它被排在榜首。这两句诗，薛涛肯定是读过的。对于一个经历了歌妓生涯，卖笑已达数十年的资深欢场女子来说，薛涛对爱情应该有了相当的免疫力。但爱情的魔力却正在于此，任你怎样曾经沧海心如铁石，也经不住真爱的猝然一击。遇到元稹时，薛涛已是四十二岁“高龄”。“美人自古如名将，不许人间见白头”，偏偏在这时，薛涛有了几乎是一生中唯一的一次真正爱情。

唐宪宗元和四年（809 年），比薛涛小十一岁的元稹以监察御史的身份出使蜀地，调查已故节度使严砺的违制擅权事件。严已过世，问题一旦查实，辖下的七州刺史都脱不了干系。刺史们坐在一起想对策，对这个不慕钱财、诗又写得耸动天下的御史大人，只好施行“美人计”。但在人选上，刺史们没有看中那些妙龄少女，而是更看重已徐娘半老的薛涛。

薛涛早已是自由身，本不受刺史们辖制，但历任节度使都对她不薄，其中也包括严砺。所以在刺史们的央求下，她同意出马。但我想，薛涛出马，恐怕还有一个更深层次的原因，她和元稹都已是名动天下的诗人，元稹入蜀，没有不见一面的道理，只不过这样的见面又多了一层使命而已。

薛、元第一次见面的情景，史上没有细节性的记载。但很快，元稹即陷落在粉红色的温柔乡里。不过薛涛自己也陷得那么深，恐怕是她事先没有想到的。

薛涛的一腔如火情愫被点燃了，生命进入真正的春天。当时，二人的世界有着怎样的旖旎风光，现在只能从他们留下的诗里来揣测了。元稹无疑是高兴极了，他在《寄旧诗与薛涛，因成长句》中说："诗篇调态人皆有，细腻风光我独知。"得意劲儿跃然纸上。薛涛也有《池上双凫》："双栖绿池上，朝去暮飞还。更忆将雏日，同心莲叶间。"柔情蜜意比之元诗不遑多让。且"朝暮共飞还"的表白，大有和元稹双宿双栖的想头。但一年后元稹办完了公事，离开四川，两人缱绻缠绵的日子也到了头。元稹去后，薛涛在等待中，曾写有《春望》一组：

花开不同赏，花落不同悲。
欲问相思处，花开花落时。

揽草结同心，将以遗知音。
春愁正断绝，春鸟复哀吟。

风花日将老，佳期犹渺渺。
不结同心人，空结同心草。

那堪花满枝，翻作两相思。
玉箸垂朝镜，春风知不知。

可惜这样的中国古典爱情诗中的珍品，并不能唤得意中人回头。薛涛哪里知道，她在蜀中翘首远望、痴心哀吟的时候，元稹又到了越州，与浙西名妓刘采春打得火热，风流快活得很。

最终，薛涛也终于明白了过来，美人迟暮，繁华过尽，已是云淡风轻。心灰意冷之下，她毅然斩断情丝，穿起道袍，谢绝酒朋诗侣，远离繁华的交际场所，读书造纸，安然地过了二十余年隐者生活，直至去世。

鱼玄机

唐是个性观念较为开放的朝代，也是个特别崇尚道教的朝代，有许多女道士文采风流。

那时的女道士，按出身可分为两类，一类是出家的公主，叫宫观女冠，一类是普通人家的女儿，叫修真女冠。公主出家的动机，一般明为慕道、追福、延命以及夫死舍家与避世等，实际却是为了能够享受自由的男女关系。如唐睿宗的八女儿金仙公主、九女儿玉真公主，入道后分别住进豪华的金仙观和玉真观，常常召集名人雅士饮酒作乐，不少男子拜倒在她们的石榴裙下，两人终身未婚，绯闻层出不穷。

上行下效，其他的女道士也多风流成性，鱼玄机就是其中很著名的一位。与那些公主们相比，鱼玄机没有显赫的出身，但她是著名的女诗人，更容易得到官家士子的倾慕，风流韵事一点儿也不比那些公主们少。《全唐诗》收录了她五十首诗，就有近一半是艳情诗。

和薛涛类似，鱼玄机也有一个“诗谶”的故事。那时鱼玄机还不叫鱼玄机，叫鱼幼薇，住在大唐都城长安东南角平康里附近的一所破旧的小院中，幼年父逝。平康里，是当时娼妓云集之地，鱼家母女家境贫寒，靠给附近青楼娼家做些针线和浆洗的活儿来勉强维持生活。但小幼薇却天纵诗才，再加上父亲在世时的调教，七岁开始作诗，十一二岁时，她的习作就已在长安文人中传诵，引起了大诗人温庭筠的关注，于是这年春天，温前来拜访。现在设想一下当时的情景，温庭筠走进鱼家那个低矮阴暗的院落时，应该是有些诧异的，而纤眉大眼、肌肤白嫩、一派小美人风韵的鱼幼薇，肯定也曾让这位风流事儿两大箩的大唐才子怦然心动。大约是一路来时的柳絮飞舞撩动思绪，温庭筠出了“江边柳”一题，测试一下小幼薇的才情。小姑娘略做沉思，写了一首五律，中有“根老藏鱼窟，枝底系客舟”句。温庭筠既惊艳其诗才，又隐隐地看到了这个小妮子的命运：“枝底系客舟”，也许意味着她终将难免以色事人。

温自此成为鱼幼薇的老师，常常出入鱼家。鱼幼薇是涉世未深的少女，一缕情丝竟系在了温的身上，《全唐诗》收录她的诗中，就有五首是写给温庭筠的，并有“人世悲欢一梦，如何得作双成”等动人诗句。但终其一生，二人都是师生关系。

与鱼幼薇相识后，温庭筠曾离开长安外出做过幕僚，两年后返回，那是唐懿宗咸通元年（860年）。他回来，大概是想趁新皇初立之际在仕途上找到新的发展。两年多不见，鱼幼薇已是亭亭玉立、明艳照人的及笄少女了，他们依旧以师生关系来往。一日，师生两人到城南崇贞观游览，正碰到一群新科进士争相在观壁上题诗留名。进士们的春风得意令一旁的鱼幼薇羡慕不已。待他们题完，鱼幼薇也满怀感慨题下一首七绝：“云峰满月放春晴，历历银钩指下生。自恨罗衣掩诗句，举头空羡榜中名。”这首诗，与鱼幼薇平素儿女情长的诗风大不相同，可谓志意激切，壮怀激烈，抒发了空有满腹才情，却无法与须眉男子一争长短的不平之气。几天之后，初到长安的贵公子李亿游览崇贞观时，无意中读到了鱼幼薇留下的诗，心中大为仰慕。不久，他去拜访温庭筠，读到了鱼幼薇更多的诗。温也有意撮合，经温介绍，鱼嫁与李做妾。

李亿当时二十出头，已官至左补阙，可谓前途无量。他在长安城西的林亭买了一栋别墅。这里离城十里，依山傍水，林木茂密，鸟语花香，是长安富豪喜爱的一处高档楼盘。在这里，李亿与鱼幼薇男欢女爱，一直从春天惬意到秋天。但枫叶红了的时候，李亿架不住正妻裴氏的一再催促，只得东下接眷。李妻十分凶悍，据说一进别墅的大门，就怒不可遏地喝令随身侍女，把出来迎接的鱼幼薇按在地上，用藤条毒打了一顿。几个月后，饱受欺凌的鱼幼薇被赶出了家门。

鱼来到曲江边僻静的道观——咸宜观栖身，观主是个年迈的道姑，她为鱼幼薇取了“玄机”的道号，从此鱼幼薇成了鱼玄机。

其后三年，李亿时来偷偷幽会，后远赴扬州任官。三年中，老尼年老力绝，溘然长逝，另一位与鱼玄机年龄相仿的彩羽道姑，跟着一位来观里修补壁画的画师私奔了，观中只剩下了她一人。回忆过往，她也像做了春梦一场，带着幽怨、绝望，写下了那首流传千古的《赠邻女》：

羞日遮罗袖，愁春懒起妆。

易求无价宝，难得有心郎。

枕上潜垂泪，花间暗断肠。

自能窥宋玉，何必恨王昌。

既然天下男人都是负心人，我又何必再为谁守身如玉呢？这首诗像鱼玄机一生的分水岭，从此，观中淑女，变成了春情烂漫、妖冶放荡的道姑。

鱼的放荡生涯，是从一张红纸告示开始的：“鱼玄机诗文候教”。告示一出，就震动了长安文艺界，前来拜访的文人雅士、风流公子多如过江之鲫，品茶论道，煮酒谈心，聊天调笑，男女偷欢，鱼玄机的艳名越传越广。

鱼玄机最著名的情人有这么几位：一个叫左名扬。此人是鱼的早期情人，鱼选择了他，有个很重要的原因，他长得很像李亿。另一个叫李近仁。李是个富商，风度儒雅，出手慷慨，向咸宜观捐送了大量的钱帛。还有一位是个乐师，叫陈韪。这个陈韪，最初是跟随几个猎艳的贵公子来的，不料那几个贵公子鱼玄机一个也没看上，却偏偏看上了他，陈第二天就单独寻到观里，从此常来留宿，成了咸宜观中最受欢迎的客人。

当然，被鱼玄机拒绝的客人也不在少数。有一位官人裴澄，对鱼玄机十分爱慕，一心想成为她的座上娇客。可鱼玄机见他与李亿的裴氏夫人同姓同族，大概过去裴氏给她留下的心理阴影过大，就对他敬而远之。在情人的选择上，鱼似乎总是选错。她最钟爱的陈韪后来背叛了她，造成了她的失手杀人，而她拒绝过的裴澄，则亲手把她送上了断头台。

鱼玄机杀的人叫绿翘，原是鱼从乡下买来的贴身小丫头。当初鱼玄机初张艳帜时，她还是个女童。岁月悠游，一晃数年，鱼玄机过得好不快活，却不知不觉已二十六岁了，渐呈年老色衰之相，而小丫头绿翘，却由一个幼童长成了美人。此消彼长，她竟比鱼玄机更加惹得男人爱怜。有次鱼玄机受邻院之邀出游，陈韪来观中，竟把绿翘勾引上手。鱼极为恼怒，当晚竟失手把绿翘打死，埋在观中的紫藤花下。后来事发，鱼被带到公堂，抬头上看，审问她的竟是裴澄。

一切都结束得如此突然。在狱中，鱼玄机高傲得都不愿为自己辩解，只是吟诵自己写过的诗句，最后被处斩刑。

她在狱中也是写了诗的，但没有完整地流传下来，《全唐诗》录有“清风开短襟”等散句。如果这句子也可以作情色解的话，她倒是死不改悔。

换句话说，也是彻底的绝望和反抗。

李　冶

中晚唐，李冶（字季兰）是跟薛涛、鱼玄机齐名的才女。《唐才子传》说她“美姿容，神情萧散。专心翰墨，善弹琴，尤工格律”。

李诗成就很高，刘长卿称她为“女中诗豪”。高仲武《中兴间气集》亦盛赞其诗“形器既雄，诗意亦荡”。陆昶《历朝名媛诗词》称其“笔力矫亢，词气清洒，落落名士之风，不似出女人手”。《全唐诗》只收了李冶十六首诗，在三个著名女冠诗人中是最少的，但其成就比起另外两个一点也不差。

李冶的童年，同样有个“诗谶”的故事。据说她天生聪慧，五岁时在庭院玩耍，看见蔷薇枝蔓柔软，该架起的时节却没架起，所以枝条倒伏在地上四处伸张，便吟咏道：“经时未架却，心绪乱纵横。”李父听女儿做出这样的诗句，大吃一惊，因为诗中“架”与“嫁”谐音，“架却”就是“嫁缺”，于是不高兴地说：“此女聪黠非常，日后恐为失行妇人。”所以，李冶十一岁时，家里人把她送进剡中玉真观中做道士，指望借助青灯黄卷收收她的性子。

五岁的孩子真的能作出如此诗句吗？很值得怀疑。况且因为谐音，就一定会成为浪荡妇人？更值得怀疑。这也许是中国古典文学中一贯的春秋笔法。不过它也透露了一些信息，那就是，李冶出身于书香门第，从小受过良好的教育。不过，把女儿送进道观，太书呆子气。唐朝的道观那么特别，做女道士，等于把她送进了娱乐圈。

李是在剡中玉真观中做女道士时改名李季兰的。

剡中，绿水青山，风景绝佳，是许多文人雅士心向往之的优游之地，比如大诗人李白初出川时曾说“此行不为鲈鱼鲙，自爱名山入剡中”，后来在那首著名的《梦游天姥吟留别》中又说“湖月照我影，送我至剡溪”。梦也梦到这个好地方。中原遇到战祸，潺潺剡溪两岸，成了许多人躲避乱世的安逸之地，是名副其实的世外桃源。安史之乱中，文士朱放就前来结庐避祸，他先隐东山，再隐剡溪，一住七年，如在国都长安，他们的爱情故事可能早就传遍坊间了。但这里是偏远的浙东，况且狼烟烽火，天下大乱，还有谁再去关注那些风花雪月的事？

李季兰有《寄朱放》一诗："望水试登山，山高湖又阔。相思无晓夕，相望经年月。郁郁山水荣，绵绵野花发。别后无限情，相逢一时说。"从诗中可以看出李的痴情，其恋至深。诗中"山高湖又阔"中的"湖"，有人说是太湖，说明她和朱放的爱情地图不仅仅局限在剡溪，优游唱和，遍布山水。

李季兰是痴情的，朱却不是，安史之乱结束，他出仕江西，一别永隔。朱放赴江西后，李季兰大约做过很长时间的等待，她的一首《偶居》很能反映这时的心态："心远浮云知不还，心云并在有无间。狂风何事相摇荡，吹向南山复北山。"相思甚为凄苦。

李季兰的恋爱，许多人认为最轰轰烈烈的一段，是同"茶圣"陆羽。这可能只是一个错觉，因陆羽本身也是名人，在文化史上的地位甚至比李季兰更高，名人与名人的绯闻更容易受到关注。但真爱是不讲名气的，它执拗，没道理，往往让人大跌眼镜。比如我读李季兰的诗，隐约感觉到，她最爱的男人很可能不是陆羽，而是一个叫阎伯钧的人。

阎伯钧何许人也？没有李季兰，他肯定早已消失在茫茫历史烟云中了。即便在唐朝众多的官员士子中，他大概也只能算个无名小卒。但他好交游，与当时的许多名士有来往，比如李季兰的另一位绯闻男友高僧皎然，就有写给阎的诗。从诗的题目看，有"答"，有"和"，有"留别"。既有和诗，说明阎也是写诗的，大约是写得不好吧，没什么作品流传下来。阎虽诗才一般，综合魅力指数大概不低，不然不会令一代才女李季兰为之神魂颠倒。

李对阎的痴情，诗中十分清晰。李的一首《送阎二十六赴剡县》如下：“流水阊门外，孤舟日复西。离情遍芳草，无处不萋萋。妾梦经吴苑，君行到剡溪。归来重相访，莫学阮郎迷。”这是一幅优美如画的春日送行图，苏州阊门外，碧水流落，孤舟远行，正是暮春时节，芳草遍地，与情郎依依惜别，问了行程又问归期，说不完的柔情蜜意、担心与忧伤，除了舍不得情郎走，还说肯定会常常梦到他，又暗示自己的爱是不会变的，却有些担心平素就风流蕴藉的情郎，此一去，你呀千万要记得回来，不要学那东汉时的阮肇，误入桃源，遇到了仙女就移情别恋而乐不思返。阎走后偶有书信来。得了情郎的书信，她更是忧喜交加，写下了《得阎伯钧书》：“情来对镜懒梳头，暮雨萧萧庭树秋。莫怪阑干垂玉箸，只缘惆怅对银钩。”从诗中景物来看，已是暮雨潇潇的秋天了。自春至秋，痴痴等待，懒梳头，空垂泪，满怀惆怅。

不知过了多久，阎回来了。但短暂的欢聚，面对的不过是又一次离别：“万里江西水，孤舟何处归。”（《送阎伯钧往江州》，一作《送韩揆之江西》）这次阎走得更远了。再看她的著名的《八至》诗：“至近至远东西，至深至浅清溪。至高至明日月，至亲至疏夫妻。”李季兰完全是以一个小妻子的心态对待阎的，但一切都过去了，“至亲至疏”这二至，读来让人满心伤痛，感慨万端。不是曾经沧海，历尽煎熬和折磨，又怎能写下这样的句子？

南方民间有传说，陆羽小时候曾寄居在李季兰的家里，两人是同学，数十年后他们再次相逢，成为恋人。这个传说不知是否靠得住。李陆恋中，李季兰已不再像李阎恋时那么痴心。她或者还是真心的，但已不再深陷其中。从前的真诚付出和伤痛，已让她从小妻子的角色中摆脱了出来，更放纵，也更潇洒，拿得起，放得下，看得开了。她跟陆羽交往的时间很长，除了爱情，还有相当大的友谊成分。这从她流传下来的唯一一首送给陆羽的诗《湖上卧病喜陆鸿渐至》里可以看出："昔去繁霜月，今来苦雾时。相逢仍卧病，欲语泪先垂。强劝陶家酒，还吟谢客诗。偶然成一醉，此外更何之。"李季兰病了，心情也很糟糕，恰在这时陆羽出现了，李自然深受感动。但情变和岁月的磨砺，已使她比以前坚强了许多，所以强撑病躯，摆酒宴客，并且不惜一醉，展现出她豪爽的性格。

中年以后的美艳道姑李季兰，一面是诗写得越来越好，一面是私生活越来越有点乱。跟陆羽拍拖的同时，还跟许多人有些缠杂不清的关系。她当时交往密切的文坛名士很多，除了陆羽、刘长卿，还有皎然、韩揆、崔涣等人。跟这些人的交往，既是诗友，又不时超越了"友"的界限，其中以她挑逗诗僧皎然的事最为有名。

皎然俗姓谢，据说是南朝大诗人谢灵运的十世孙，虽入佛门，但对诗文兴致很高，被誉为"释门伟器"。李季兰示爱皎然的一首《结素鱼贻友人》也收在《全唐诗》里："尺素如残雪，结为双鲤鱼。欲知心里事，看取腹中书。"但这位高僧并未为美色所诱，很礼貌地还了她一诗："天女来相试，将花欲染衣。禅心竟不起，还捧旧花归。"（《答李季兰》）很有意思。

又或者李季兰只是跟这位高僧开个玩笑，戏耍一下而已。不管怎样，二人都很潇洒，一直是好朋友。

到了晚年，李季兰才迎来了自己生命中的辉煌。因为她的名声越来越大，竟然上达天听，唐玄宗要见她。圣旨传下，李季兰正在扬州，可惜她已经老了，“仰愧弹冠上华发，多惭拂镜理衰容”（《恩命追入留别广陵故人》）。闻得喜讯，竟是忧喜交加。作为一个女人，此时的她已失去了宝贵的青春与美貌。她被留在宫中住了一个多月，“优赐甚厚，遣归故山”（《唐才子传》）。

但她的好运气也到了头，她后来竟牵涉进了朱泚叛乱。其实，她只是曾给朱泚写过一首诗，如此而已，但当时的皇帝已不是宽厚的唐玄宗，而是冷酷的唐德宗。平乱结束，德宗追究到李季兰，认为她也有反叛行为，于是，“遂令扑杀之”。

李以诗得过皇帝的恩宠，也因诗致祸，搭进了自己的性命。

柳三变

在开封时，适逢一个画展，看到许多作品画的是柳永词境，不由感慨，作诗一首：

开封赏画，忆柳三变

——不可能真的遇见他、和他遇见的人。
传说若隐若现，女子们画在纸上，
被颜色和线条改变。

河道摆动，古城深埋，而画中人
一直在想念她的原型。
——我们仍在追溯：从开封追到古汴梁。
繁华深处，北风撩开绣帏、酒旗……
用最后一点力气，将一个人
内心的孤独轻轻晃动。

一个没有权势钱财的读书人，却能有夜夜笙歌的艳福，在中国文学史上，除了宋代的柳永，我想不出还有哪个享受过如此待遇。

柳永（约 987—约 1053），原名三变，字耆卿，因排行第七，又叫柳七。按说，柳同学也非天生的风流客，就像那些烟花女子并非天生的一样。他出身于儒宦世家，父亲还做过工部侍郎，当初，他也是个品学兼优的同学，曾在《劝学》中写道："学则庶人之子为公卿，不学则公卿之子为庶人。"可这位柳同学后来还是"变坏"了，出入秦楼楚馆，青楼里则是拿他当神仙供着，管吃住，发稿费，许多人还许下如此星语心愿："不愿君王召，愿得柳七叫；不愿千黄金，愿得柳七心；不愿神仙见，愿识柳七面。"柳永，不但为中国古代文学留下了诸多绝妙好词，还为大宋朝的娱乐业做出过杰出贡献。

柳永大约是二十多岁到汴梁的。当时的汴梁，是真正的东方文化之都，人口超过百万，宋人夜夜泡吧，纸醉金迷。柳永来到这里，真是如鱼得水。他有《戚氏》词描写这一时期的生活："帝里风光好，当年少日，暮宴朝欢。况有狂朋怪侣，遇当歌对酒竞流连。"他是一边逛妓院一边应考，到后来，应考一再落第，在娱乐圈的名头却越来越大，据叶梦得《避暑录话》说，他"善为歌辞。教坊乐工每得新腔，必求永为辞，始行于世，于是声传一时"。也就是说，当时的流行歌曲，没有柳永的歌词，根本无法流行。

柳永热衷于为烟花柳巷填词作曲，是天性使然呢，还是另有隐情？现在看来，刚开始的时候还是另有隐情的。据宋人罗烨《醉翁谈录》载："耆卿居京华，暇日遍游妓馆。所至，妓者爱其有词名，能移宫换羽。一经品题，声价十倍。妓者多以金物资给之。"也就是说，柳永是因为手头紧了，才去给妓者搞创作的。居京城，大不易，柳永这样以才取财，相当于半工半读。但当时的人对他的刻苦学习无法理解，以至得了"多游狭邪""无行"之名。总之，虽有青楼界力挺，并且他的作品"上入宫廷，下入田舍"，却还是耽搁了锦绣前程。

从柳永的词看，他对待妓者，有真心真情、尊重且真的爱恋，这也把他与一般意义上的风流客分别在两个世界。"执手相看泪眼，竟无语凝噎""衣带渐宽终不悔，为伊消得人憔悴"。这样千百年来感动了无数人的句子，你若知道了他是写给妓者的，就不能不对他肃然起敬。在柳永，是把烟花女子当作恋爱对象看的，真正看到了她们的好，他的词，正是在最黯淡的社会角落里发出了夺目的光彩。柳永在一次科考失败后写道："烟花巷陌，依约丹青屏障。幸有意中人，堪寻访。"（《鹤冲天》）当中"意中人"一词，既是慰藉，更是读懂心灵后的患难之交。

柳永仕途难通，也与他不懂官场规则、不会搞组织人事关系有关。比如，有一次宰相吕夷简过六十大寿，差人带了蜀锦吴绫来求他填一阕新词。当时咱们这位柳才子正在名妓徐冬冬处，他一挥而就写了一阙《千秋岁》，意犹未尽，又填了一阙《西江月》，中有"纵教疋绡字难偿，不屑与人称量。我不求人富贵，人须求我文章。风流才子占词场，真是白衣卿相"等句子，不但嫌人家给的稿费少，还骄傲得不得了，说人家得来求他的文章，自己比那公卿将相不差。这下得罪了吕老头。后来，有人向皇帝举荐柳永，皇帝问吕老头：这人怎么样呀？你自然猜得到吕老头会怎么说。其实，皇帝还是很欣赏柳词的，宋代陈师道《后山诗话》云："柳三变游东都南、北二巷，作新乐府，骫骳从俗，天下咏之，遂传禁中。仁宗颇好其词，每对酒，必使侍从歌之再三。"但即便如此，皇帝还是认为他不太适合做官，不如在娱乐圈里混得好，笑曰："且去填词。"后来，柳永用"奉旨填词柳三变"做了块牌子，晚上要到哪个妓院里去的时候，就先让人把牌子送去，对方保证欢天喜地，殷勤接待，且分文不收。

当时与柳永要好的几个名妓，除了上面提到的徐冬冬，还有陈师师、赵香香。柳永在一首《西江月》中提到过这三个人：

调笑师师最惯，香香暗地情多。冬冬与我煞脾和，独自窝盘二个。

"管"字下边无分，"闭"字加点如何？权将"好"字自停那，"奸"字中间着我。

你可能觉得这词有些无聊。不过写到这里我还是有些感慨，都说文学创作应该真实地反映生活，柳永不正是这么做的吗，他的词打破了传统写作遮遮掩掩的毛病。但当时的文学界对他这样的另类作家不待见，连苏东坡、李清照也颇有微词。柳永虽然是那个时代的边缘作家，却绝对是文化市场的宠儿。"凡有井水处，皆能歌柳词。"柳永名气太大，搞得苏东坡对自己的作品都产生了怀疑，他曾偷偷地问一个歌唱家：“我词与柳七郎如何？”那人就说“柳郎中词，只合十七八女郎，执红牙板，歌‘杨柳岸，晓风残月’。学士词，须关西大汉，铜琵琶、铁绰板，唱大江东去”，糊弄了过去。

柳永做过几任地方小官，但他对青楼早已情根深种，他说：“晚岁光阴能几许？这巧宦、不须多取。”（《思归乐》）终于离任而去，但不是隐于山野，而是回到了青楼中。当时，对柳永用情最深的是谢玉英。谢本是江州第一名妓，柳永到沿海做小官时路过江州，两人一见倾心，那时柳永年近六旬，已是风烛残年的老头儿了，谢仍对他眷顾有加。后柳永返回东京，谢寻了来相伴，直到柳永去世。

第三辑

山　冈

徐州的山，多如小丘。远望，大多是在地平线上画一条柔曼起伏的曲线，没有壁立万仞的险峰和幽暗的深壑。但这些看似平和甚而远望呈现出女性曲线美的山，因为都是坚硬的石头，许多冈峦不生乔木，或只有稀疏的植被，很少有岚气云烟之类——也许，这是些不喜欢抒情的山。近观，山上的松柏胡桃之类，矮瘦，奇崛，类似面目黧黑、目光灼热的山民，得了山的硬度。也许把它们看作坚忍倔强的男性，更接近其精神。

徐州古城“冈岭四合”。现在，随着城市的扩大，更多的山冈已被圈进城内。

城市里的山冈一般不被注意。城市，楼群高耸，不断堆叠的闪亮晶体，对地形地貌造成改变或掩盖，使许多东西变形或消失。我生活其中，如果不是骑车或步行，有时几乎感觉不到山的存在。

有一天，站在一座山的观景台上俯瞰，我有了些不一样的感觉：忽然觉得，山，也是动态的，在时光中，在地理中，都是如此。在地理中，那些柔曼的曲线有时会升起，如簇涌的大浪；有时会消失，隐匿入地下。在时光中，它们升起、沉降，但这是我们穷极一生也无法遇见的升起和沉降，只有借助地理书籍或想象才能看到。这样的情景，在无法投诸目光的过去和遥远不可预期的未来，从未停止过，所以，它的动近似于永恒。

山冈，永远在时间的远端，在它的涌动中，我们的光阴犹如一瞬。

徐州的山，从城北开始，是孤山，接着是龟山、九里山，再往南进入老城，是子房山、白云山、狮子山、骆驼山、户部山、云龙山、凤凰山、泉山、翟山……一直到城南的圭山、樵山。每座山都有自己独特的变化，当它们处于同一场域，又会形成勾连和呼应。这些山，也并非如名字般线性排列，有的错开了位置，有的还弯着巨大的弧度，像一些人拧转着身子，使整个大地呈现出不一样的姿态。

实际上，孤山已不是完整意义上的山，破碎，由于经年累月的采石，它只剩下了半个，有些地方甚至凹进了地下，内部，灰红的石头裸露出来，像焚烧后的废墟。有些石头，遇到雨水会变得鲜红，像柔软的火苗，仿佛大雨能唤起它另外的记忆。九里山也被挖掉了一个山脚，多年前，挖掘已停，裸露的石壁上丹书“九里山古战场遗址”几个大字。古战场，这是与挖掘无关的很久以前的事件。是的，我们的目光能绕过一座山，但绕不开许许多多的事件，因它们早已脱离了山体而存在，这使我每次看到九里山的时候，都会有些不真实的感觉。子房山是我从没到过的山，我只在地图上注视过它，听说它是座绿色的山，当年，张良在此吹箫，吹散了项羽的八千江东子弟兵，所以，这使它在我的想象中缥缈得像一段箫声。狮子山是我最熟悉的山，我的父亲曾在那里的一个建筑工地上干过泥水工，挖开泥土，在石头的缝隙里灌上砂浆，打牢房基。他们那时还不知道，山体里沉睡着一座王陵。让我惊讶的是，那年秋天，当我在狮子山上简易的农家里沉睡的时候，另一些人在山脚下的泥土中沉睡。那是些兵马俑，一些小人儿，被红泥掩埋，后来，被挖掘机的怒吼惊醒。继而发现在山腹深处，还有一个王在金缕玉衣中沉睡。一些事物沉睡的历史，总有巨大的喧嚣与之擦肩而过，那是世俗生活的声音，也是时光滚动的声音。户部山在城中央，望去只有四五层楼那么高，被街道和庭院覆盖。再往南，云龙山、泉山，大同小异。青色的岩石，松柏和荆棘。它们的石头灰青，偶尔露出的石英，锋利的眼神，细小的芒刺。

一座座山，像波浪，滚过城市，有些隐匿在城市的屋檐下；有些，调转了身子的那些，像围拢的旋涡。我感觉，这些大大小小的山头，在地下是连为一体的，但从地表看来，它们又是分开的，相距甚远，孤寂，一座与另一座毫无关联，仿佛深陷在自己的翻腾中。在城中，还有些不为人知的小山，有一座叫土山，是个小矮丘，我原本并不知道它是山，直到它的名字出现在山坡一家叫“土山古董店”的牌匾上。房屋挡住了视线，一座山，要借助一块招牌显现出来，那斑驳的牌匾像是它灵魂的栖居地。还有一座无名山，原是墓地，后来被改造成了公园，一些人的安息地，变成了另外一些人的游乐场。

那与山有关的一切，总在变幻，就像这座城市，它与山究竟存在着什么样的联系？什么样的思绪才能把握它？这座古城，在历史上被毁掉过多次，有时是由于水患，有时是兵灾。而在无数的灾难中，山究竟扮演着怎样的角色？我见过一段对于过去某个小山头的描述：黄河决口，大水漂没，许多人逃生在山顶，山，像一条条不沉的船。

山，提供最后的庇护，它有时成功，有时失败。但每次灾难或重大的世事变迁之后，它仍以近似沉默的姿态站在幸存者的身旁，它石头的躯体和庞大的阴影仿佛某种不灭的信念。

站在城南的樵山上，极目远望，是开阔的平原，平原尽头的天际，有一列山像深蓝的云。那是远望中的山，它们，和这里的山也有着精神的联系吗？我从未到过那里，每次凝望，它们都像是在往这里涌动。但许多年又过去了，它们从未和城市真正地接近过。

河　流

在苏北平原上，曾经流经的黄河，是一条身在高处的河——由于接近入海口，河面变宽，它的流速也缓慢下来，充满暴力的奔腾泥沙沉淀，堤坝越筑越高，日积月累，金色的河水终于升腾在空中。

流淌。沉重的超低空飞翔，连最低的河床也已高于房舍。堤坝，更类似一道心灵的防线。宽阔的河面几乎不见浪花——黄河在利用整个身躯压迫，比任何惊涛骇浪都更加沉重。黄河穿越的，是一段提心吊胆的历史。

“熙宁十年秋，河决澶州，漫千余里，徐州大水，漂及庐舍，老弱毙而下……城将败……”（《铜山县志》）典籍中，类似这样的记载有数十处。

——其实我想说的是城：徐州。史载：宋绍熙五年（1194年），黄河于阳武决口，分流南北，南段夺汴水、泗水河道入淮河。清咸丰五年（1855年）黄河在河南铜瓦厢（今属封丘县李庄镇）决口，干流至经山东张秋（今属山东省聊城市阳谷县）北夺大清河入海，南河道断流。数百年间，黄河改道而来，改道而去，像一条鞭子，抽打着城垣和它的灵魂。逼迫中，它的性格凸显。

城，城下之城或城上之城，有时我觉得，城垣之重叠，其沉重，更甚于历史的积压。当现代的挖掘机向下，向下，为新的建筑寻找立足点，它尖锐的爪手无意间抵达了过去的屋檐。一块青砖或一条古老的基石，使它钢铁的肺剧烈地咳嗽起来——现代的肺，忽然接通了古老的呼吸。

从高处流下。黄河决口，不是因为愤怒——是我们的愤怒赋予了它虚幻的愤怒色彩。当一条河流在空中飞行，它从高处流下是如此自然的事。

越升越高的河，使它升高的是自己的力量——是它自己携带的泥沙，而非我们对大堤的堆积。上升，它心中自有殿堂，自有灵魂的监工。而细小的沙粒是秘密的咒语。我们的意志和愿望不是它所要服从的方向，总有一个缺口，在平坦的地方制造出悬崖。

而城是怎样楔入大地的呢，并需要我们在屋檐上打下新的地基？从典籍中的记载看，现在的新城之下，至少还有两座古城，作为东汉重镇的徐州，它的位置应该在地下八到十一米深处。而明朝洪武年间建造的那座老城，则在地下四到六米处，它被天启四年（1642 年）的大水淹没。大水三年以后才退去，依地形高低不同，城内淤积的泥沙，最厚处达到了七米。然后，人们只好在原址上重建了一座新城。

没有什么能掐断这座城市的生命，包括最深重的灾难。我读到过庞贝古城的覆灭，灼热的火山灰使它瞬间凝固，包括人的微笑、惊愕、恐惧、挣扎……都在瞬间凝固。而这座城市也曾突然陷入惊愕、恐惧、挣扎，无数生命在水波中涣散、悲伤，被勒进碑刻，写入典籍，并静止在那里；侧耳倾听，从历史深处传来的，最后总是遥远的打夯声、遥远的劳动号子……波涛加剧了一代又一代人对幸福的干渴。夯声，一下比一下沉重。正是这坚定而苦痛的夯声，喂养出了安宁和欢乐。

是的，首先苦痛和挣扎是真实的，然后，安宁和欢乐才是有价值的。所有的颂歌都源于哀歌，反之亦然。

反反复复，每次大水过后，都需要更多的火焰，需要新的方砖、瓦当、琉璃，青色的米汤、灰石……

> 景泰元年（1450 年）八月，徐州平地水高一丈，民居尽圮，民饥，疫，死者枕藉。
>
> 天启四年七月，河决奎山堤西北，灌州城，城中水深一丈三尺。
>
> 同治年间，两次河决。
>
> …………
>
> （《铜山县志》）

反反复复。城，仿佛时间的手艺，仿佛疼痛时必须偿还的债务。

俑

曾经干燥的黄土，随阴湿进入封冻的正月，被灰赤的暮光和早晨的白霜反复照亮的古老的城，鼓角荡开的空间，我曾迷失在它的氛围中，进入冥思，看见凝重的队列，面孔：额头、眼睛……迤逦的队列远行，踏上征途，有些人会重新回来，有些人将消失在从未到过的异乡，他们的魂魄被分开，一部分带着箭刃的裂疼回返故地，一部分弥散在遥远陌生的空气中。那是被我们反复呼吸的空气，流动的时而静寂时而呼啸的空气，充满污浊、凛冽寒意、血腥而复又清新如洗的空气，多么无情而又必需。

那踏上赴死之途的人，他们在寻求什么？他们的内心是否即是荣耀的坟场？当春天过去，有没有安慰和隐秘的赞誉在等待着他们？有没有失望的羽翼从他们心中掠过，并留下更大更辽远的空旷？

最后，一切隐秘之结都无一例外地消失于尘土中。冥冥中总会存在着另一个世界，在葳蕤的春光中沉入地下，在几乎接近永恒的黑暗和沉寂中，时光的沙漏避开了他们。但他们竟是几乎完整的，当无数的马蹄从头顶掠过，当缓慢、令人昏昏欲睡的和平时光将城阙销蚀，他们仍然完美无缺。他们是一下子出现的，眉眼、表情依旧，虽然所有的兵器早已烂掉，但他们的姿势丝毫没有改变。他们的手心里留下了木质兵器腐烂后的小小空洞，但看看他们坚毅的面容和用力的样子，又有谁敢说他们手中握着的是虚空呢？

这是黄淮海之间的正月。城外，坚硬的苍苍冻野，即是古今兵家所谓的“四战之地”。但现在麦苗青青，公路交错，流动的是人间的生机和气息。古老的战意，仿佛隐匿在不多见的抖动的枯草与河流的寒光中。城里的街衢巷道，灰色的底调上，点缀着冰凌、过年时烘托喜庆的红绿色饰。公共汽车在乌青的街道上驶过，车厢外大幅的招贴画里正有几匹肥硕的马，那是楚王陵兵马俑坑中战马的特写。站在街边，在汽车的奔驰和停靠中看那些马，第一眼看上去是有些臃肿感的，再看，就有了不一样的感觉。马的耳朵、眼睑和鼻翼的线条，锋棱尽出。这些站立的马，虽无骁腾之姿，却更有静穆浑厚的力度。它们灰黄的躯体，类似某种暗淡之光的聚合，虽不耀眼，却令人过目难忘。是的，这是令人过目难忘的马，并会在灵魂里留下印记的马，在早晨的冷霜或子夜的黑暗中，有时冷不丁就发现它伫立在自己的心灵深处，虽不嘶鸣，但那静寂和空阔同样让人惊心。

古老的城，两千年前的马，纸上的战阵，现代的钢铁发动机载驰的巡游和雄峙，令人内心翻腾又肃寂。马身边的兵俑，即便是头戴风字盔，身披铠甲的甲胄俑，也不见戾气，只有沉实的气度，扎了头巾的立式俑和穿着长袍的发俑更是厚重严稳。当初充满寒意的鼓角战阵经过两千余年的光阴淘洗，仿佛只剩得了人间正道，剩下了可以与人心相互衔接容纳的质朴气息，一如他们身上俗艳的红白施彩历经泥水淹渍脱落成了灰黄，而其气韵却变得更加本质、确凿。

现在的徐州汉兵马俑博物馆建在狮子山西侧，距离楚王陵五百米，内有六条俑坑。兵俑是王陵的卫戍部队，虽然只是陵园的一个组成部分，但阵容却相当庞大，总数在四千以上，且种类丰富，步兵、骑兵、车兵方阵俱全，有手持长械的士兵俑、铠甲士兵俑、发辫俑、发髻俑、弓弩手俑、警卫仪仗俑、车兵甲士俑、御手俑、重型骑兵俑、轻型骑兵俑、马俑和将军官吏俑等，蔚为大观。

春天来了。与二千一百多年前的那个春天一同到来的，是一场战争——“孝景帝三年正月甲子……西涉淮，因并楚兵。”（《史记·吴王濞列传》）随后，是一个战败的王的自杀，和一场葬礼。这些俑，他们手中刀兵的寒气，脸上的沉思、肃穆、悲伤、勇毅、剽悍，都曾经是为一个王准备的，都是为一场盛大的葬礼准备的。他们经由工匠之手，早已先于战争存在，他们只是不知道那葬礼何时到来。然而一切都结束了，王的躯体，很快沉入山腹中的黑暗。葬礼，在时间的流中一晃而过，而他们为葬礼准备的表情却没有消失，且迈过葬礼，完好地保存了下来。那沉思、肃穆、悲伤、勇毅、剽悍，经由时间之手，也渐渐从一场狭隘的征战中脱离出来。

六条俑坑，已发掘两条步兵俑坑和警卫俑坑。这两条坑中的兵俑，是以不同的姿势展现的。一条坑中只是拨去了掩埋的尘土，俑，保持了被发现时在土里的姿势。他们头与头相触、头与肩背相触，多米诺骨牌效应一样地处于倒伏或半倒伏状态，使我想起风中的庄稼或树木。倒伏，挤压，枕藉，像一种死亡。但细察之下，他们又像是睡着了，静听，更似有酣梦中的呼吸声传来。另一条坑里，兵马都被扶正了，整肃，有军阵的肃杀和威武，仿佛一切都没开始，或可以马上开始。他们眉目清晰，表情千姿百态，或沉思，或肃穆，或坦然，或悲郁，或低首皱眉，或轻松自若，或活泼顽皮；其中更有一位，昂头，张嘴，仰着身子号啕大哭，身边一人探过头来，另一人侧过脸来，像是在安慰他……这真是十分有趣的现象，一边是（死亡）酣梦，一边是赳赳步武中鲜明个性的展现，他们的倒伏、破损，以及端然正立，恰如对应了历史在现代人心中的映像，于晦暗中见光泽，于残破中见真实，即使在最深的掩埋中，也仍有其生机，仍有其不灭的性情。大哭和肃立，都已是人世的庄严。

从工艺角度讲，这些俑，是先用模具制作出粗坯，然后再精细加工的。那么，在这些兵俑中，有多少人使用过同一个模具呢？

那些模具早已不存在了。但我又分明看见了它们，模子，该是许多俑的同一件胞衣，它给出的每一件粗坯，都像是送入这些躯体中的相似的命运，在一张又一张脸下掩藏。在这些众多的兵俑中，我看到了许多相似的面孔，却又没有两副是完全相同的。相似和不同，都是合理的吧，都汇在队列中，个性，永远要淹没在来自最高之王的命令里。战争，黑色的云翳，巨鸟的翅膀，它一旦在王的脑海里升腾，在王的大脑沟回间盘旋，也必将掠过人世的山川。它的阴影之下，是风暴，是草芥，是歌声、啸叫、哭泣、沸腾的热血以及随处委顿、一凉到底的躯体。那么多不同的性情、言辞、悲欢、爱与恨、忠诚与背叛……都要淹没在奔腾、叱咤、死亡以及伤悼、欢庆的洪流里。那么多的儿郎，有着如此相似的命运，他们甚至拥有同一个乳名。

馆是这样一种建筑：它把一切严密地笼罩起来，几乎遮断了所有的外部光线，然后又于黑暗中安置下新的灯光。但这样的光，已是人力而非天意。它给出的心情也是复杂的。来馆里参观的人，大都来去匆匆，有许多是外地人，他们在馆内的勾留，一般不会超过两个小时。而要在这一两个小时内看清汉俑，根本是不可能的。这些俑，也正是现代人真实的祖先。是的，所有的祖先都早已深埋在地下，化成了尘土。但其中的一部分一直不曾消失，他们因偶然的机缘重现人间，从而展露出那些特定朝代和事件的印记，并使我们得以辨认深隐在我们肉体和思想中的血性和基因。但这一切，即便是长久的审视也不容易看见，何况是匆匆一瞥。

参观者来而复去，留下模糊的背影或三言两语轻描淡写的评论。兵马俑，一次次被照亮，又一次次沉入黑暗中。在许多人的脑海里，也许淡薄的印象转眼就消失了，如同“啪”的一声就可以熄灭掉的灯光，人的大脑中就只留下一片混沌，或一屋子永久的黑暗。

春天一次次光临人世。自汉武帝以后，古老的春节重新由秦历的十月改为正月。曾经充满杀伐兵气的正月，复被欢腾的喜气充溢。在这盛大的喜气中，经由民间艺人之手，许多泥做的玩具在大人与孩子们手中流传，为这喜庆推波助澜。那是些泥人、泥公鸡、泥猴、泥兔等，有浓艳的色彩。其制作工序是：和泥、搓坯、成型、染色、开相……

徐州民间儿童玩具造型简洁明快、生动传神，不重写实，整体浑然朴拙，且情态细致入微……它从兵马俑中汲取的营养有：对人物和动物的塑造概括有力，敦厚结实，浑然天成，意趣盎然，而且也不注重写实，却生动依然。它是一种完全或比较完全立体的地方性雕塑艺术，也是形体美最直接的表达方式，具有生命的力量感。（姚君洲《徐州两汉文化视觉语境研究》）

那些艺人，那些走街串巷、给孩子和节日带来无尽欢乐的艺人，必然有另一种古老的光从他们手中流过，并将这土地、人心、欢乐、节庆，一次次照亮。

最后需要重复的三个词：

第一，坑。这些被埋入俑坑的人，其实一直就是站在低处的人，不管他们所处的时代在历史中的坡度如何，他们在那里的位置都是一低再低，直到低得失去了姓名。他们骁腾的冲锋和裂帛的呼啸，都只能服从于统帅者的意念。但他们的血性却在集体中得到过最大限度的迸发，所以他们的荣誉才能那么轻易地融入普通人的血液，世代相传，不曾被时光减损，就像在这里一站，遥远的回响，无休无止的风声，一下子就在心头掠起。

第二，俑。曾做过徐州知府的苏轼在《上神宗皇帝书》中说：徐人“皆长大，胆力绝人……小不适意，则有飞扬跋扈之心，非止为盗而已”。

又据道光《铜山县志》卷一风俗记载，徐州府一带民众“大胆力绝，人喜剽掠……刘邦、项羽、刘裕、朱温、朱元璋等，皆在徐州数百里之间，其人以此自负，雄杰之气积以成俗”。[①]

那活在文字中的与活在泥土中的，同样都是俑。生生不息的俑。

第三，空。兵士背上空空的剑盒，手心里的圆洞。曾经的箭、戟、矛、笏、缰绳……都已经消失。

空，锐利之物让出的位置，没有什么可以填补。除了兵器，那些遗失的头颅、胳膊（疼痛早已消散），也同样不可弥补。还有消失了的木质战车——在漫长的时光中它一点点腐朽，战车上的士兵一点点坠落，无比缓慢地穿过在腐烂中留下的空间，最终落到了地面上。已经有多久了，勇敢的驭手，他面对的已是不羁之马，以及崭新的黑暗与空阔。

---

① 唐元海《淮河流域近代水旱灾害对社会经济的危害》，转自程必定、魏捷主编《淮河文化新探“第三届淮河文化研讨会”论文选编》。

狮子山

睡与醒

这里是徐州城的东郊，多山，位列其中的狮子山并不起眼。可半夜里我怎么也睡不着，在半睡半醒中，我感觉到这座小山也是醒着的，甚至在寒冷的秋霜中，我听到了这兽中之王的心跳，一种雄浑的气息向我吹拂。它苍褐的身躯、凌乱的鬃毛，对应着山脚下池塘里浮动的雪白芦花，有说不尽的苍凉。我披衣而起，在庭院中，看见银色满月滑落在树丛中，如闪亮的斧头，以月亮为背景的一小片枝条，像是被那明亮的光销蚀掉了很多，变得纤细，甚至像断掉了，一种冰凉的雪意漫上心头。

狮子山，其名字的由来，源自它像一头盘卧的雄狮。其实这是一个海拔仅六十余米的小山包，如果不是从前某个人有过细心的观察并以此命名，一般人很难把它和狮子联系起来。用动物命名似乎是一种传统的嗜好，周围，毗邻的还有骆驼山、羊鬼山等。但在我看来，狮子山并不比骆驼山威猛，甚至还要黯弱一些。只是眼里看到的和心理反应的却又完全是两码事了。比喻是危险的，比喻后，新的形象脱离了原物，构成了独立的存在，一头狮子盘踞在我心中，无论用什么办法都无法使之离去了。

1985 年，山的西麓发现了大量的兵马俑，于是有人猜想，这座山下会有一座汉墓，只是没有得到证实。但我作为一个偶尔经过此地的中学生，对此一无所知，我只是停留在它狮子的氛围中。在我第二次入住这里的时候，这座汉墓的存在已被证实，挖掘它的方案也已被提上了议事日程，一头在我心中盘踞的狮子也有了另外的意义。

山西南两面地势开阔，西侧千余米处有古泗水，即今黄河故道。泗水，中国古代有名的大水，“逝者如斯夫，不舍昼夜”，这里是孔子悟道的地方。但后来黄河却夺其道入淮，它清冽的流水便消失在混浊奔涌的雄浑激流中。由于黄沙的沉积，原来的河道也被掩埋，一道大水被另一道更大的水覆盖。

泗水消失了。它死了，还是在新的波涛之下睡着了，直到黄河重新改道远徙都没有醒来？现在的黄河故道，在城市中修葺整齐，在郊外却异常开阔，宽处达数十里，苍茫迤逦中，只中泓有一抹残水如白亮镜光，静静的，偕同水边的蓬蒿芦苇，像沉湎于无尽的回忆中。

死亡和睡眠，自然是完全不同的生命状态，睡眠就是活着，而死，是生命的停止。但这只是我们现代人的定义，古人却有另外的看法，包括当初看中了这座山岗而安穴于此的后来战败自杀的楚王——刘戊。汉代人“事死如生”，他们或许以为，“死”就是“生”，是包含睡眠的另外一种形式的生。死，不过是换一个世界换一种方式生活而已。

汉代的墓穴，虽然是在地下，其结构却完全类似于地上的建筑，殿堂、厅、卧室，甚至厨房和洗手间，一应俱全。似乎人在这里真的是在过一种和地上极其相似的生活。汉代人的“事死如生”虽然愚昧，却也是浪漫的，站在人生的此岸遥望远方未知的另一端，他们的精神中自有健硕的一面，是充满了希望的，直到近代的科学发展才彻底摧毁了人类的幻想——科学带来的并不总是希望，也有令人绝望的成分，到了这个时候，“死”这个词，才彻底地死去了。

但事情似乎并非如此简单，落日、山川、灵异不可解的家园，总是给我们带来怀旧的温情。客观的理念中总有神示的梦幻，一头盘踞在魂魄中的老狮子，它总是时睡时醒，不愿离去。

此墓于 1995 年获准发掘，它的恢宏气势很快震惊了世界，最后被命名为狮子山楚王陵。在汉墓的发掘中，还出现过一个小插曲，考古人员沿墓道下挖数米之后，出现了一个封口的大缸，缸中有一具人骨。原来，这座小山上还曾经存在过一座寺庙：竹林寺，缸中的人骨是一位坐化的僧人。缸葬，正是佛教的习俗之一。但这位僧人显然不知道，他的埋骨之所正是一条千年前从顽石中凿开的宽阔道路，一个王通过这里到达了他幽深的另世（随后，一群盗墓人也从此进入）。对生与死的不同阐释，被一座山包容纳，甚至拥挤在同一条道路上，又互不妨碍，这真是一种奇妙的现象。就像一直以来的某些时段内（比如夜间），山顶上村庄里的人在沉睡，山脚下另一些人在沉睡（兵马俑，那些小人儿，被红泥掩埋，被后来的挖掘机偶然惊醒），僧侣在泥尘中沉睡，继而在山腹深处，还有一个王在黑暗中沉睡。一层层不断挖掘出的思想中的睡眠，笼罩着历史中的人，却最终使一座小山形成了无比清醒的现存状态。

梦 想

为梦想做一件事，那必定是一件重大而正经的事，至少在当时看来应当是，虽然时过境迁，它看上去是那么荒唐；虽然它过于奢侈，甚至包含了那么多的血腥和暴力。

一座庞大的陵墓，类似于帝王粗野的抒情诗。

楚王陵坐北朝南，凿石为葬，穿山为藏，入口处在山南的向阳坡上，而其主墓室已深深嵌入山体主峰的腹腔之中，南北总长 117 米，东西宽 13.2 米，总面积 850 余平方米，凿石量 5100 余立方米，由外墓道、内墓道、天井、甬道、耳室和墓室组成，从形制上来说，它粗犷、雄浑、博大，堪称独特而完美。

在山腹中延伸的各种洞室，将一座狮子山几乎掏空了。甬道距地面深 14 米，俯瞰之下，触目惊心。逐级而下，穿过天井方可到达甬道。外甬道长 39.4 米，宽 2.04 米，两边分别有前堂、后室、厨房、乐厅、洗浴室、武器室、钱库、御府库……里面的藏品，虽经盗掠，仍极其丰富，它们分别是：（1）玉：玉棺、金缕玉衣、玉蝉、玉豹、玉冲牙、玉璜、玉卮、玉戈、玉龙、玉环；（2）金：金带扣、金羊头、金印、金虎头、金乌头、金带钩；（3）铜：铜钱（多达 17 万枚）、铜剑（出土时寒光闪闪，拿出十本记录用的稿纸放在剑锋下轻轻一划，一摞稿纸立即分成两半）、铜戟、铜铍、铜戈、铜殳、铜鼎。此外，尚有陶、瓷、银、石器、夜明珠、各种材质的印章（130余方）等等。

这是埋在地下的庭院，其宽阔、庞大和灿美，再次将汉的精神发挥到了极致，它似乎（曾经）试图说明：幸福就在这里。

这在地底敞开的府宅，使人喻晓，梦想曾经是严肃的，一个人，源于生命的自信，还在世的时候，就试图把自己推向未来。尽管如今看来，那踏往梦想的路是多么虚无：被发现之时，由于盗贼洗劫，楚王身穿的金缕玉衣已经破碎，金丝全被抽走，尸骨被踢得四分五裂，颅骨、下颚、肋骨散了一地。而在墓道的尽头，古树藤蔓的深根也已穿透岩隙抵达室内——在黑暗中，树木，早已先于世人看到了这一切。

是的，许多后来者，也许是从那些盗墓者开始，就不再相信这座王陵庇护的梦想。但直到现在，参观者一旦身临其中，没有人不受到极大的震撼。它仿佛天生就是为活人准备的，它的恢宏气势继续压迫着参观者的心灵，那些我们不会相信的梦想（“人死辄为神鬼而有知”），仍在眼前时隐时现。

梦想是美的开端，虽然，悲伤和惋惜往往是它最后的伴侣。

与所有中外的陵墓不同，这座陵墓还有一个天井。这是一个创举，因为带天井的陵墓，迄今为止，在中外帝王的墓葬中还从没有见过。这个天井，深深地嵌入山体11米深，全部凿山而成，南北长18.6米，东西宽13.2米，面积245.5平方米，山体裂隙处用石头镶补齐整，做成后又用夯土和石块全部填满。发掘的时候，考古工作者用现代化的铲车、吊车，花费三个多月时间，从巨大天井里清理出 5000 立方米的夯土和填石。

天井，像一个小型的广场，更像一个恢宏的精神道场。任何创举都是这样，它打破成规，带来精神疆域的开拓。这是一种缩小的无限。

任何梦，都具有顽强的生命，虽然有时候，它被外在的形式所抛弃。对永生的迷醉与恐惧，是强大精神外壳所包裹的两种情感，而这两种情感，共同构成了梦想的本质。

这座陵墓，搞清它的结构并不复杂，但搞清它精神的结构却是复杂的。从建筑上看，墓主人是个充满自信的人，但盗贼也是自信的（他们成功了），时间是自信的（它改变，并将继续改变这一切），甚至这陵墓本身也是自信的。陵墓，它在建造的时候，遵循着王的旨意和建筑的原则，但在时光的嬗变中，它渐渐独立出来，它借助时间之手，在它所庇护的内容中不断掺杂进新的东西。这或许可以理解为它对美的最后完成。现在，它因雄奇的构建而震撼人世，实际上，却因牺牲而完成了背叛：它牺牲的是安葬在其中的人，并且，它试图通过牺牲安葬者来完成对某种思想和梦幻的消解，这使人依稀觉得，对于那个古老的梦想，它看似处身其中，其实，却从一开始就是个旁观者——是寻求庇护的人，固执地创造梦想并把其托付给了它。

然而这一切仍然是美的，因为梦想是美的，而美本身，不正是热情和叹惋的混合物吗？

玉　蝉

这是王陵中出土的玉蝉。

我喜欢这种有不同凡响的来历的玉——名媛总是胜于身世平淡的美人。《说文解字》中赞玉有五德，其中“其声舒扬，专以远闻”一条，似乎可以用来专指这种玉。

汉时的玉蝉，以用途计有三种：一是佩蝉，顶端有“V”形象鼻眼，用以穿系，挂在身上；二是冠蝉，腹部穿眼，用于帽饰；三是含蝉，在死人口中压舌，无穿眼。含蝉的寄予，无非是指死去的人像蝉的幼虫，总有一天他还会复活，在某个夏日出土蜕壳，成为鸣蝉，重新展翅在人间。

但这些玉蝉没有穿眼，应该是压舌用的。不过，被发现时，却是放在一只玉杯中——玉杯，难道是玉的口？难道某种适用于人的象征已经被玉借用？虽说玉落脚在哪里总是不由自主，但玉是那么聪颖，它难道已在既定的环境中衍生出了某种出人意料的意义？而我听到的解释是这样的：蝉餐风饮露，放在杯子里，有代表高洁的意思。

这是“高洁”说。一般人了解蝉是高洁的象征体，多从唐诗得，如“居高声自远，非是藉秋风”（虞世南《蝉》），或“无人信高洁，谁为表予心”（骆宾王《在狱咏蝉》）。其实这种说法也是肇始于汉代，《史记·屈原列传》就有云，“蝉蜕于浊秽，以浮游尘埃之外”，以蝉喻人，口气充满赞赏。但我以为，还是“复活”说更确切。我在博物馆里看过复原的金缕玉衣，一丝不露地被包裹在里面的人（内有膨胀的填充物），的确像一只蝉的成虫。

玉蝉很小（长 4.2 厘米、宽 1.8 厘米、厚 0.9 厘米），刻画逼真，神情毕肖，双睛凸露而有神，尾稍上翘而欲啼。汉墓中共出土三件。但要观赏它们，在陵墓中已不可见，要到市中心的博物馆里才能看到。看这样的玉，我觉得还是应该在现场的——它与周围环境的呼应没有变化，也就更容易引起心灵的呼应。而在博物馆里不会有这种感觉，隔着一层玻璃，在被灯光照亮的同时，它内心的光，也被更强烈的光冲刷掉了。

摩挲把玩中的玉，与人，类似沉默中的心心相印。而隔着玻璃，就形同说话。它能说出什么呢？它凸露的双眼看到过什么？它薄薄的翅膀寄予过怎样的理想？蝉是可以随便移动的，但庞大的地下王陵不会，它在被发掘后敞现出令人触目惊心的恢宏，当阳光巨大的光柱像燃烧的火焰抵达它的内部，小小的玉蝉，是否可以说出那长期沉积掩埋在山体内部的厚厚的黑暗？

有来历的玉早已穿越了生死，曾经在那么长的时间内，在庞大的地下王陵中，王在腐烂，木头在腐烂，铜和铁在生锈，但玉没有什么变化，它一如当初。如果那黑暗是阒寂的，玉就是灯火；如果那黑暗是污秽的，玉就是星星；如果黑暗中真的存在着一种动荡不息的生活（汉代人“事死如生”），那么，玉的忠告从来就没有停止过。

那么深的黑暗曾吞没了一切，周围的东西都死掉了，只有玉还活着。关于这座王陵，还有谁比这小小的蝉更有发言权呢？但我们却不可能从它那儿知道更多，比如这座王陵的主人，有人认为是第三代楚王刘戊，但也有个别人有异议，认为或者是第二代楚王刘郢客。到底是谁呢？玉不言。玉总是在紧要关头咬紧牙关。玉不是说书人，没有“且听下回分解”。玉温润的微笑里有玉的秘密，作为某种理想或品质的载体，玉表现得稳定，并可以托付。

一只蝉寄居在玉里，或者反过来，一片玉寄居在蝉里。玉带来深山的绝响，蝉带来世间的喧嚣。在这块古楚土地上，从古到今，没有人不熟悉这虫儿的鸣唱。从春末的初试新声到秋后的寒声凄恻，其间，是充满暴力和轰鸣的漫长夏季。我熟悉北中国辽阔的夏日，山野葱绿，太阳照耀，蜃气在大地上飘移，使贴地生长的植物变形，蝉声像悠长而锋利的锯子，锯着白亮闪烁的光阴。有时，浩大的东南季风猛烈吹拂，带来乌云、雷电、暴雨、俯仰跌宕的万物，以及雨后的泥泞、虹、宁静。每一场暴风雨都仿佛是一场战争，都仿佛是蓄谋已久的野心的呈现，这其中，有以毁灭为代价的辉煌，有被熄灭的梦幻，以及在短短的时间内完成的摧折、毁灭与新生。而在这之间产生连缀，唯其猛烈的风雨，才可以正好对应历史中那浩莽而又狞厉的动荡气息。

蝉怎样度过猛烈的暴风雨？我不知道，就像我不知道玉怎样陪伴他的主人度过杀伐生涯。史载，刘戊不敬儒生，因参与“七国吴楚之乱”，兵败自杀。玉“润泽以温，仁之方也”，但它的温婉化不去兵气，化不去一个人胸中的块垒。况且，看上去温婉的玉，本来就有其勇烈的一面，所谓“不挠而折，勇之方也”。古人以肩为“玉楼”，这肩，自然是敢于担当的。

汉，充满力量和梦想的王朝，它的“力”和“气”，即便在小小的玉蝉上也能看得清晰：线条简练，粗犷有力，刀刀见锋；表面平滑光亮，边沿棱角却锋利无比，翅尖几可刺手。这就是千百年来为人称道的“汉八刀”。汉以后，玉蝉纹饰渐趋繁缛，有的翅膀竟像苍蝇翅那样撇开，边沿及翅尖被磨成了圆角，锋芒尽失，早没了汉代玉蝉的那股神气。

如今，科研人员根据王陵中残留的楚王遗骨，已经成功地复原了他的形象。我端详过这座黑乎乎的半身像，它坐落在墓室的尽头，于昏暗的光线里看不清表情。这就是那个两千多年前叱咤风云的王真实的面容吗？这个二千一百年前叱咤风云的王，是个胸怀天下的奇男儿，还是一个戾气蓬勃的野心家？

没有答案。答案，也许只有玉知道，但玉不言。

我们所努力追寻的，一直藏在时光深处，藏在我们目力所不及的玉的心里。而摆在参观者眼前的塑像，只是一个化工材料制品，真正的楚王却深藏在典籍中，甚至比典籍藏得更深。

马陵山行

马

一匹在大地上奔跑的马，它有时是霞雾，有时是绿云，有时是比黑夜还要黑的梦魇。它是灼热的，遍体生满了小火焰；有时又冷到极处，有冰铁一样的律令和秩序，令人生畏，并带来难以忘怀的恐惧。

一匹奔跑的马，总像是处于腾空状态。对于同样渴望腾空奔驰的驭手，任何时候都仿佛正是时候；而对于那些失败者来说，一切又都为时已晚。

“白驹过隙”。它巨大的身影曾像闪电一样介入某些人的遭际，然后黑铁一样沉入他们的命运中。这山川之马，宇宙间的块垒，有飘扬纷披的鬃毛，在自身的起伏和扭曲中，使大地呈现出巨大的烈性，叩开古楚、齐鲁沃野乃至中原千里史册的，不像是竹刀书简，更像是它嘚嘚的马蹄声。

它奔跑，又停伫。千百年来，它实际上从未移动半步。

——那被时光带走的只是驭手。

古 道

（庞涓）乃弃其步军，与其轻锐倍日并行逐之。孙子度其行，暮当至马陵。马陵道狭，而旁多阻隘，可伏兵，乃斫大树白而书之曰“庞涓死于此树之下”。于是令齐军善射者万弩，夹道而伏，期曰“暮见火举而俱发”。（汉·司马迁《史记·孙子吴起列传》）

我坐在枫杨树下的石头上歇息。汗水涔涔。时当秋风白露，天气却仍燠热。反顾十余级台阶下，我的朋友、诗人陈广德正一步步爬上来。我们刚刚涉过了一条深深的沟涧，老陈的脚气犯了，致一脚微跛，走路比平时艰难。而一路行来的其他游客，已为山石和苍郁的林木所隔，依稀听得见说话声，却看不见人影。“空山不见人，但闻人语响”，我耳际响起王维的诗句。但把这座山比成是空山显然并不恰当。我回忆起一路走来的情景，这山，远望只是流线型的丘陵，从山门进来，沿着水泥路前驱，坡度平缓，如闲庭信步。但数百米过后，随着绿色波涛的掩卷，我们也不知不觉进入它复杂的山体内部，岩崖错转，鸟影虫迹，荒榛怪莽，飞泉嶝道，有时以为已经走出了老远，抬头间，却见那棵刚才路过的茂盛棠梨就悬在上面的崖顶；有时以为已来到了山谷低处，脚前的树隙间却又透出了沟壑里的光亮，并传来了细细的流水声。作风景看，移步换景，韵味无穷。但在兵家的眼里，这是否是其貌不扬却内藏杀机的险地呢？

我问导游小姐（她的脚步依旧轻捷，令人诧异），这里就是马陵古道吧？她说，马陵古道就在这乱山之中。

她说的乱山，是这周围举目可以看到的山头：峰山、斗山、虎山、奶奶山和黄花菜岭（古称司吾山）。这是古钟吾国的境地，现在的苏北和鲁南交界处。但马陵道却不仅仅局限于此，向北，还有数十公里，众多的山头一直延伸向山东的郯城，齐鲁最南端。

一阵风从上面的山岭滚落下来，仿佛古老的时光也在柔软地下落。那些层层叠叠的树木，那些或远或近的流水声，那些或隐或露的山岩，正随着风声把古老的时光向我推动。在被风推动的时光的裂口上，我感到自己也是分裂的，一个坐在修葺一新的山道边，坐在阳光透过树丛洒下的斑驳光影里，另一个沉迷于古老的黑夜，沉迷于远方的杀伐声中。

古道。榛莽。老树。更古老的沉积岩，亿万年前的旋涡（一直没有散开）。寂静和晦明交替的光阴，在山体里打转，像含着古老的警示。一片片山林，浓重的蓝色阴影，在我的瞳孔里安静地呼啸。

石与土：火焰

庞涓果夜至斫木下，见白书，乃钻火烛之。读其书未毕，齐军万弩俱发，魏军大乱相失。庞涓自知智穷兵败，乃自刭，曰："遂成竖子之名！"……孙膑以此名显天下，世传其兵法。（汉·司马迁《史记·孙子吴起列传》）

导游小姐送了我一本《马陵山导游》，在书的扉页上，她抄录了一首诗："十万强弓伏马陵，名为减灶暗添兵。庞涓合是今朝灭，会看军中奏凯歌。"她还特意告诉我，这是齐国大将田忌所写。

我没有问她诗的出处，因为在我看来，此诗无古意，不像古人作品，倒像是民间鼓书辞或乡村小戏的唱词。后来查资料方知此诗是元杂剧中《庞涓夜走马陵道》中田忌的唱词。与我的猜测基本相符。

庞涓到马陵山时正值黑夜。黑暗中，敌对者看不见双方眼里的怒火，也看不见空气中分配死亡的箭镞。庞涓至死也没有看清马陵山。对于他，这座山只给出了无边的黑，死亡的黑。

但在晴朗的丽日下，山却是明媚艳丽的，绿树丹崖，红泥碧水，仿佛对美有毫不含糊的确认。但这美景在细察之下，也自有一份惊心。

我站在峰山的一处嶝道上，看到前面不远处的一座灰红危崖，岩层皱褶，层层相叠，导游说它叫万卷书。万卷书，这个名字无疑过于温雅了。如果是书，它也是一卷史书吧，里面藏的应该多是刀光剑影。

石头，坚硬的石头，砸碎之后仍然是石头。即便是最小的石头，它坚硬的本质也丝毫不变。也只有这样的石头，才适合承载和寄托历史中那最酷烈和坚硬的部分。我记起我的一个朋友曾说，只有人才会有伤口，石头从来没有伤口。

那一夜，除了一支火把短暂的烛照，马陵山的黑暗中，应该还夹杂有刀剑斫击以及马蹄踢打山石时迸出的凌厉火星。那凌厉的气息，分不清是石头还是铁的呼吸；那细小的光的芒刺，分不清来自谁胸中藏着的愤怒乌云的碰撞。

碰撞，并在撞击中展露彼此最强硬的质地。石头与铁，永远的对头，又像是世间最亲密的兄弟。刀枪钝了，要借助石头的手取出新的雪刃（摩擦，铁末儿和石头末儿一同流下，那是在厮杀到来之前，铁和石头预先展开的争斗）；石头寂寞了，要借助刀枪的霍霍声重新点亮内心的灯盏（这些灰红的石头，据说落雨的时候会变得鲜红）。

红色的山土也像在燃烧（遍身火焰的马）。这远远看去沉睡了的山其实是醒着的（静立的马，体内，一颗灼热的英雄心一直在激荡）。我猜想，那当初在暗夜里点亮的火把，一定从没有熄灭过，它一直在泥土的内心里亮着。那些在黑暗里战斗、死亡、伤残的兵士，他们殷红的血液应该是另一种火焰，不发光的火焰，缓慢地渗入泥土。泥土，这些细碎的粉末，一肚子装的全是火焰。

沉默的泥土，即便没有一个人来，它的内部也仍在战斗。那些相互敌对的儿郎的血，流在了一起，一同渗入地下，但它们从没有融为一体。在泥土深处，那弥散的火焰也是不同的火焰。山，它庞大的灵魂从没有得到过安息。

一座海拔不高的山，它是胜利方的同谋，又是另一方命运的无底深渊。它的高，要用一个人胸中的豪气才能丈量；它的深，要用一个人无尽的智谋才能探知；它的雄武，要用无数人马铁石的骨骼才能比拟；它的险峻，要搭进无数人的性命和传世的威名才能表达。

山：脸与背影

钟吾漫道才拳石，早具江山秀几分。（清·乾隆《司吾山》）

但是，马陵山不仅仅藏着刀光剑影，对于它，一些人或许会有另外的看法。就像现在，山光旖旎，清流翠露，鸟鸣花影，它如此安谧地展现在普通的生活者面前，仿佛与血腥的历史根本无关，倒完全像是另一世界。

这才是它真实的脸吗？而此前所述，难道只不过是它的背影？

在马陵山景区的入口处，竖着一块石碑，上有周谷城所书“古马陵道”四字。但在这块碑不远处，还有一块碑，即乾隆皇帝手书的“第一江山”碑。“峰峦横万迭，绝胜蓬莱境”，这里，既是古今名将钟爱的战场，又是许多人眼里的世外桃源。

走过虎行道，在长寿泉饮了些清水，在七真岩洞用流泉洗了把脸，我们七转八转，然后又在观音殿前的石凳上略做休息。不久前，一场龙卷风刚刚袭击过这里，在老虎窝的沟帮子上，还有被拦腰折断的大槐树，现在，殿前不远的三棵参天樟树也倾倒了两棵（但仍活着，根部封着两个土堆，导游说冬天时扶正即可）。即便如此，山色仍不减葱郁秀蔚。马陵之美，不在高峻，而在其幽深，古木参天，曲水潺湲，重峦叠嶂，翠色拂睫，兰芷离披，蕴幽藏丽。由于内部峰峦围转，山里气温较平原暖湿，有许多在北方不易生长的树种，如雅竹、水杉、樟、乌桕，在这里都高大茂盛。尤其山里泉瀑众多，流聚成许多塘湖，蕴玉含辉，与苏、鲁、豫、皖交界处的许多山有很大不同。清乾隆皇帝六度南巡，曾三过马陵，他认为这里的葱秀已足以与吴越媲美（“爱他画意已吴山”），每次都要留下一首诗。

山里有三仙洞，洞不大，深仅两三米。这里，曾是陈毅指挥宿北大战的指挥所，在蒲松龄的《聊斋志异·三仙》中，又是神仙们居住的地方。三仙洞旁有七真岩洞，内雕成仙的七真人像。此外尚有黄巢关、诸葛湖等景观，皆与古战事有关。道家与兵家，两种哲学在此交会。这也许正是马陵山的性格，包含了中国古文化中凌厉与飘逸的两极，却并不混淆，各自锋棱分明。

乾隆对马陵山的茶叶也赞赏有加，可惜我没有见到。

山的确是复杂的，它的幽暗，它的明艳，它的刚烈，它的柔媚……也许每个游客的心中都有一座各自不同的马陵山吧。即便是本地人，对它也有不同的感悟，广德兄在一篇描述它的文章中说“安谧中，静听一片开花的声音”（陈广德《马陵山》），闲静而散淡；老诗人王辽生则说“抑扬交错如铁马金戈，刚柔相应觉日月合战”（《韵》），听到的则是强劲的交响。

对于许多人来说，它是灵魂的双重居所。

马

我知道，在这里，任何一个人，都将比一颗石子消失得更快。如果你在明丽的天宇下听到了一声长长的嘶鸣，那嘶鸣就将永远存在。

一座列于大地的山，一匹在时光中奔驰的马，它在我们的视线中，又始终在我们的视线之外。

马陵山，山名，泰山余脉，南北走向，横跨山东临沭、郯城和江苏新沂，绵延百余里，因状如奔马而得名。

第四辑

芙芙苗

1

芙芙苗，我老家的方言对一种野草的命名，这种命名已经载入县志，但即便这样，仍然难以传达出方言的微妙，因为在方言中，“芙”读成去声，“苗”读成阴平，还带着点儿化音。有时候我想，在普通话普及如同庄稼的今天，方言有点像野草，它的生命力是顽强的，像野草一样难以被拔除。

同一种植物，在方言中和普通话中总有不一样的情致，尽管它们在地里的模样是一样的。像芙芙苗，这样用方言叫起来，就有了娉娉袅袅的感觉，它生长的土地也会随着语音被纳入这种感觉中。而用普通话读“芙芙苗”这三个字，感觉却是怪异的，像不知所云，又像看到了这种植物不为人知的另一面。

方言。方言中的植物。植物的姿态。方言的姿态和韵致。一切都隐隐约约而又历历在目。

扯得有些远了。其实我想说的，也正是芙芙苗呈现出的不为人知（其实也许仅仅是不为我知）的另一面。那时候我还是个幼童，祖母参加生产队劳动的时候，我跟着她玩耍。一次在锄豆苗的间隙，我看见祖母从锄掉的野草中捡出一棵芙芙苗，把它的花和嫩叶掐下来，放在嘴里咀嚼并咽了下去。芙芙苗刚开的花是白的。白，雪白，在祖母手里有些刺眼，让我有一种新鲜感。我向祖母要，祖母不给，后来，我自己捡了一朵，只嚼了一下就吐掉了——它的味道是苦涩的。

儿童作为家庭的中心，如我，即便在无比困难的年代，也可能会不知道饥饿的滋味。但我却在不经意间越过饥饿，尝到了它后面跟随着的苦味。

2

算来，祖母去世有二十多年了，我仍会在对她的怀念中陷入冥想。有时我一个人坐在屋子里，恍惚中觉得她突然会来敲门，白发苍苍出现在我面前，叫我的小名，就像很久以前一样。实际上这只是不切实际的幻觉，她已离世那么久，而且我暂居的这座城市，是距离家乡近千里的南京。

二十多年，生活足以天翻地覆，小妹出嫁，弟弟远徙重庆，父母的黑发也已变得花白，他们完全步入老境。有时我从大姑母的脸上，看到的，已经是一张类似祖母的脸。

南京，祖母曾在此生活，她作为富家小姐和少妇在这里度过了十多年时光。中华人民共和国成立前夕，她随已从旧军队离职的丈夫搬到苏北乡下，那是个名叫杜楼的小村，她原以为只是暂时躲避战乱的地方，没想到最终成了她下半生的居住地，并最终埋骨于此。

杜楼，曾经的异乡，家族的飘落地，我的出生地，我真正意义上的故乡。

在祖母临去世前的那几年，除了逢年过节，我已很少看到她。那时我在一个镇的中学教书，我女儿刚会走路时，她曾自告奋勇前来看护，实际上她已经老得无法胜任这个工作，等她发现这一点的时候，她的悲伤是显而易见的——从她无法直起的腰，她脸上的茫然与不甘，她因跟不上我女儿的脚步而蹒跚的小脚。

在她去世的前一年，她还来学校看过我。那时，通往徐州的班车正好经过杜楼和我教书的镇子。她是在午后来到的，敲门，我睡眼惺忪地开门，看到她满头如雪的白发，我骇异于她已经如此衰老，并深深内疚。她手里拄着一根未经修饰的棍子，一看就知道是随手捡到的。祖母一直不服老，到去世也拒绝家人给她买拐杖，但当她想走出村子出远门时，却不得不捡起一根小木棍来支撑行走。

3

芙芙苗和红薯有些相像，长长的蔓，三角形的叶子。但芙芙苗更纤细，也更加楚楚动人。红薯秧则要粗壮得多，它的蔓要粗过芙芙苗十倍。但红薯不开花，在芙芙苗开花的时候，红薯的块茎正在地下努力膨胀，这时，芙芙苗和红薯一点都不像了，芙芙苗变得有点像牵牛，它的花像小小的旋涡，像一点点在风中颤动的心事。

这时候，与红薯的茂盛相比，芙芙苗的美变得微弱。

芙芙苗的花太小了，只比硬币稍大，远看去星星点点；花瓣也很单薄，像纸一样，轻，仿佛趁一阵风就可以飘起来。这样子的花却为小孩子们所喜欢，有人会把它插在头发上当簪花；或连同秧蔓一起围成环状盘在头顶和挂在脖子上当花环，都有活泼生动的美。有一次社员们在田头的柳树下歇息的时候，小妹掐一朵芙芙苗花插在祖母的头发上，我发现，祖母的气韵即刻生动起来，轻盈起来。

花在头发上与在地上是不一样的，花附着在人身上的时候，鲜艳得有些过分。我从没见过祖母插过花，那被小妹突然插到她鬓角的花，仿佛一盏从神秘的地方举过来的小灯，打开的是一个我不熟悉的全新的形象。

我那时还不知道祖母的身世和经历。后来我去兰州，在大姑母处意外地见到几张祖母早年的照片，她坐在雕花木椅上，小儿女绕膝，安静而美丽，头上簪着花。我忽然回想起小时候小妹给她头发上插花的情景，那令我惊异的形象原来早有来处。当时，那种美不是新生，而是部分的复生或曰暴露。

而这样的暴露显然非祖母所愿，在热风吹拂的田头，她很自然地把花从头发上拂落下来——对于一个手持乌亮锄把的劳动者，在一群埋头苦干的社员中间，头上，颤动的小花是毫无意义的。

少顷，她继续锄地，她灰色的身影渐渐被汗水濡湿。

4

只是到了近年来我才逐渐体会到，在对亲人的回忆中，总是伴随着两种悲伤：一种是在她们活着时，一直存在着的生命之美的毁灭；一种是他们的死带来的生命和亲情无可挽回的失去。

在我的记忆中，祖母一直是一种灰黑色的形象，她冬天穿的黑棉袄，她夏天用青柿子或柴灰水浸泡染色的单衫，都给我这种印象。她衣着最光鲜的时候，竟是在她死后成殓的时候，母亲和姑姑给她穿上了大红的棉袄、绣花的裤子和鞋，雪白的鞋底对应着雪白的头发。我和父亲抱起她放在推车上，她那么轻，像没有重量。我们推着她走向火化炉，她的身躯和灿烂衣饰仿佛是一体，和前方的火苗那么相似。但我错了，等待她的不是轻盈的火苗，而是洪峰般的烈火。她的生命已经在几天前就结束了，并没有在鲜艳衣饰中得到延续。但一种绚烂的美如同安慰，在护送她，并陪着她一起走向灰飞烟灭。

推着祖母去火化炉的情景，长久地留在我的记忆中，生命的幻灭感把我长久地浸在悲伤中。

我的童年是伴着祖母度过的，她的声音，她的气息，她灰色的衣着，她抿紧的嘴唇，曾使我错误地以为，她一直就是那样的，灰黑，一直就是她生命的本色。直到很久以后，我才知道她的身世，知道她的生命中流淌过繁花，流淌过清新和绵密的绮丽。在她去世后的日子里，在发黄的照片上，在亲人的追溯中，陌生的气息向我吹拂，而这一切来得太晚，又仿佛是不真实的。在灰色岁月中，人根本无法朝另外的生活眺望，就像照片上的祖母，那是她的年轻岁月，又仿佛不属于她，而只是她的前世。

她的一生是被两种生活截然分开的，在乡村，祖母，这位昔日大户人家的小姐，扔掉了所有往昔的痕迹，学习农活，深入田亩，在轰轰烈烈的大时代里改变了自己，并消失在其中。

记忆中与祖母和我有关的生活：

锄禾。送粪。喂猪。给棉花洒农药。掰玉米。割苘。纺线。编蒲包。搓玉米。刨红薯。拾棉花。打场。冬天的早晨，提着尿罐里的尿去浇自留地里的小麦。

在厨房的烟雾和蒸汽里忙碌。

下雪的时候，夹在一群“四类分子”中间，为贫下中农清除大路上的积雪。

带着我去赶集。在我的哭闹声中，犹犹疑疑地打开布包，用最小的硬币为我买一个芝麻团或一粒糖果。

薅草。把薅下的草送到生产队沤肥料。常常是在夕阳西下时分，她一手拉着我，一手提着草，排在缴任务草的队伍里。我挣脱了她的手，到沤肥料的水坑边玩耍，或捡起土坷垃扔到水里，看溅起的黑水和蚊蝇取乐。

沤肥料的过程是难忘的，把青草倒进水坑里，沤的过程，其实就是青草被迫腐烂的过程——坑里总是不断向上冒着肮脏的气泡。起初，我对沤积肥的做法大惑不解，那么多青草，为什么要被沤成黑色的烂泥呢？把那么多鲜嫩的节节草、猫儿眼草、米米蒿、鸡蛋球、狗尾巴草、巴根草、兔酸子、马齿苋、猪耳朵胡、灰灰菜、羊蹄子棵，还有开着花的芙芙苗、长着银色缨子的茅荻谷倒进臭水坑里，还要盖上许多土，使它们彻底被压住。坑里冒出更多的气泡来，水车虫急速逃逸，蚊虫群像黑色的布片从水面上揭起，轰然破碎，不久又重新折返，它们密密麻麻地贴在水面上，仿佛那肮脏的水起了一层黑色的疙瘩。

青草被倒进臭水坑之前，要过秤。有的人在青草里塞着大块的坷垃。敢于这样做的人大都与掌秤的会计有好关系，否则就会被揪出来，罚公分或挨批斗。我们的青草里从没有过坷垃，我问祖母为什么不放些呢？祖母说，小孩子不要瞎讲话。我便不再出声。但别人青草里的坷垃却分明压在我的心上。

坷垃坷垃，你为什么要跑到我的身体里压住我的心？

薅草的时候，祖母会告诉我哪些草压秤，如扁扁草、抓根草、苍耳棵，哪些草不压秤，如芙芙苗、鸡蛋球、节节草。她的意思是要我挑压秤的薅。但我发现，但凡压秤的草都根深叶茂，薅起来很费劲，而不压秤的如芙芙苗，只要轻轻一扯就断了。

芙芙苗太纤细，秧蔓很脆，它的根常常断在土里，连捎带些碎土的可能性也失去了，没有多少重量。的确，在一个最需要芙芙苗呈现出重量的时刻，它的重量却消失了。

岂止是重量，它本身也将消失，它美丽的花、青青叶片，都将在水下化成一缕黑影。

5

祖母是南京人，大概在二十岁不到的时候，经她身为军官太太的姐姐介绍，嫁给了我祖父。她的姐夫和我祖父是同学。祖母一生育有二子二女，子武阳、庆生，女庆龄、广英。庆生是我父亲，与大姑母庆龄生于重庆，伯父武阳生于武汉的汉阳，小姑母广英生于南京。祖母年老时，在苏北乡下随父亲生活，伯父和大姑母生活于兰州，小姑母嫁在离我家二十里地的另一个小村子。自我记事起，祖母和祖父一直分居，祖母独力抚养子女长大。与祖父有何种深刻的隔阂，祖母不说。父亲和姑母对祖母一生恭敬，从不开口询问。倒是问过祖父，答案是一声叹息。祖母去世前的两年，曾去过一次兰州，到那里才知道伯父已因病去世数年（我们因怕刺激她一直隐瞒）。祖母回家后身体大坏，头发在不到两个月间全白了，不久因病住院，治疗数月无好转，于 1990 年秋收前去世。

祖母识字，能看书，这在附近几个村子绝无仅有。她学名孟玉琴，这是我从小就知道的，因在生产队的账上，她是我们家的户主，每年年底，队长宣布透支户的时候都要念的，或白纸黑字贴在墙上。当时我们村有学名的年老妇人仅她一人。

春节时我们都要回家过年，有时陪祖母打几圈麻将，祖母常常是赢家，我们当时并无相让的意思，她仍然能赢。我当时不得其解，后来才明白，那是她早年生活留下的底子。也是到了晚年，祖母偶尔会谈起南京的房子，她曾有过的穿戴……一闪而过的言辞，隐约透露出她早年生活的细碎光泽。但直到去世，她没有再回过南京。

她两眉间有很深的竖纹，算命先生说那是苦命纹。祖母表面安详，但在精神上她一直都是紧张的，直到晚年，仍为父亲的工地和儿孙的生活担忧，对大姑母和她儿女的工作放心不下。她生病的时候，因身体痛苦，脸上的皱纹皱得又深又紧，她却从没呻吟过一声。她临去世的那天下午，躺在屋里的床上，我们在院子里说话，母亲忽然出来说，妈怕是已去了。我们进去，我看到祖母眉宇间的竖纹已平展，到了第二天，几乎消失，只有淡淡的痕迹，仿佛死亡才使她从深深的世事尘网中解脱出来。

父亲曾总结我们一家的生活叫“树欲静而风不止”。过了许多年我才知道它还有下一句，“子欲养而亲不待”。祖母去世时八十岁，我那年刚调到城里，并买了房子。妻子说等暑假里要接祖母来住一段时间，不想快放暑假时祖母就病了，并一病不起，直至去世。

6

芙芙苗学名小旋花。这是祖母去世后，一个偶然的机会，我听一个植物学家说的。后来，我在书上看到关于小旋花的解释：草本植物，茎柔软，靠缠绕在其他植物上生长，有地下茎，叶互生，叶柄较长，花粉红色或淡紫色，呈喇叭形。

这种解释是否准确呢？我不知道。但其中“靠缠绕在其他植物上生长”一条，与我所见不符。在我的家乡，芙芙苗很少缠绕在其他植物上，它往往是贴地生长，秧蔓越拖越长。秧子梢头的嫩芽往往也抬起头来朝着天空，但它的茎终究无法承受身体的重量，又不得不匍匐在地上，越拖越远，并分出叉来，细碎的花儿依次开出，初看柔弱，再看，则有一种清新柔韧的美。

在更古老的书中，芙芙苗又叫葍（音 fú）。《诗经·我行其野》："我行其野，言采其葍。不思旧姻，求尔新特。"似乎与爱情、恩怨有关。

当一棵草有了不同的名字，你总要忍不住多念上几遍。而每个名字带来的感觉是不一样的，它们会连带着完全不同的场景在你脑海中闪现。

芙芙苗：要有一阵清新的凉风吹动，要有一片田野，早晨或夕阳，露珠，质朴的劳动。芙芙苗晃动青青的叶子。

小旋花：谣曲。洒落在岁月深处的笑声。美丽的身姿。碧玉般的青春。它适宜插在少女或少妇的鬓角。幸福的粉红，清脆的紫。

葍：一张发黄的老照片，厅堂，富丽的金色在家具和服饰上流动。安谧、雍容与黯淡。年代久远的典雅气息，吹送与熄灭……

菜蔬记

马齿菜

马齿菜，顾名思义，就是一种（叶片）长得像马的牙齿一样的菜。

我对马齿菜这个命名是有些腹诽的，不是对菜，而是对给它命名的人，因为在我看来，马齿菜的叶子并不太像马的牙齿，况且，即便像马的牙齿，这样叫也不好听，没有什么美感。它还有另一个名称，瓜子菜，我喜欢。它的叶片的确更像瓜子，南瓜子或西瓜子。瓜子常用来形容漂亮的男孩子或女孩子的脸型，有种清秀在里面。但马齿不会给人这种联想，若是用来形容脸型，不免让人误想到马脸之类。马脸，指人的脸长（音 cháng）得过分，有戏谑其丑的意思。

但马齿菜的命名也有一个好处，明确指出了它是菜。它的命名还有很多，与马齿菜最接近的是马齿苋，不过，它却并不是苋菜的一种，植物学书上说它：为马齿苋科马齿苋属一年生草本。与苋科是两码事。

马齿菜虽然被命名为菜，虽然菜园子里也有它的身影，但它却很少被当作菜来看。菜园子里种的是茄子辣椒黄瓜白菜，整齐地种在畦里，像端坐在座位上的小学生。马齿苋呢，对不起，只能在田埂或其他菜的缝隙里偷偷地长，像没有学籍的旁听生。农人不高兴了，还会揪起它扔一边去。马齿菜于菜有名无分。

但人们会在一些紧要关头想起马齿菜。比如孩子被马蜂蜇了一下（马蜂刺毒，蜇一下可不是好玩的，连蜇数下小孩子不免杀猪一般号叫，我小时深受其害，这里放大了胆子也就只说一下吧），大人听见哭声，就揪一棵马齿菜放在嘴里嚼成糊状贴在红肿处，消毒止痛。又比如人（不只小孩）害了痢疾，也去揪几棵马齿菜，洗净，用生白布包了拧出里面的水，煮了服用，往往有不错的效果。与它菜的名称相比，它更像草药。马齿菜还叫长命草、五行草，大约与其药性有关。

到菜园子里看菜是农人的事，美食家是在饭馆里看，但在菜园子里才能看个究竟。

马齿菜在菜园里的地位是低的。如果说茄子、黄瓜是家养，马齿菜就是寄养。茄子、黄瓜如果是孩子，马齿菜就是野孩子。茄子、黄瓜有玩具：用芦苇或树枝搭起的架子（呼拉桥或肋木架？），供秧蔓爬上爬下，马齿菜没有。有些地方管它叫地马菜，让我联想起在地上乱跑的小马驹，这名字好，有欢腾腾的野性和可爱。

马齿菜生命力强，长势旺，可平卧、直立或侧斜生长，也就是说，它怎么长都行。在平旷的地方，它伸展得舒坦；在岩石的缝隙里，它也能小箭一般地直着长上来。马齿菜也有看相，叶色绿，背面淡绿色或带紫红色，厚而软滑，倒卵形，像拉长的水滴，开一种小小的黄色花儿。马齿菜是乡间的野小子或小姑娘，猛一看野气，细看，眉清目秀的。

之所以写这篇文章，是因为许多人不认识马齿菜了。前些日子在一个宴会上，有一道蒜蓉马齿菜，看相虽一般，吃起来大家却说味道特别，只是不知其为何物。其实马齿菜因其生命力强，在全国大部分地区皆有分布。而对马齿菜的制作，过去似以扬州为精细。《扬州西山小志》云："预于四五月间，取马齿菜腌贮，名安乐菜，岁暮作馅制馒……"

自春日至岁暮，制作时间长，有隆重的意味，且安乐菜的命名尤得我心。新年里菜肴杂陈，难免会有疏忽。但马齿菜治闹肚子，所以它既是美味，又有保驾护航之效，风味与安康并存，倒是名副其实的"安乐菜"了。

安乐是老百姓生活的真谛。马齿菜虽在大饭店的宴席上价格不菲，却是地地道道的百姓菜。

大白菜

秋后的菜园里，往往剩到最后的，就是一棵一棵的白菜——这是要陪我们越冬的菜。

我曾有过一个梦想，就是在冬天的时候，窖里有一窖白菜，梁上挂着猪肉，白菜炖猪肉（当然再有些粉条就更好了，但我长大了才知道，白菜炖羊肉更佳），围着火炉热腾腾地吃，这是在一个三十年前的少年的想象中最温暖和幸福的事。

白菜要大白菜。我那时不知有高帮白菜，高帮白菜长可达半米，像修长的美人。与它相比，大白菜像北方有一身好力气的健朗村姑。

大白菜是北方菜，也有北方土地和人的精气神。

蔬菜多不能久存，所以称时蔬。但白菜是个例外。白菜的贮存法有多种，可以窖存，有时就和红薯一起放在暖融融的地窖里；可以埋在土里，吃的时候挖出来；也可以直接放在室内，这是城市居民的法子，天气好的时候要搬到院子里或阳台上晒晒太阳。冬天冷，白菜的叶脉里都结了冰，但不改其青翠。

冬天，大雪封门，地窖里窖着一大车白菜，让人心里踏实。

白菜的吃法太多，不可一一胜数，我比较爱吃的有醋熘白菜，用白菜的外帮酸成的酸菜，还有调白菜心，把白菜心细细地切了，调以葱姜蒜末和辣椒，香辣爽脆里有微微的甜味。香辣像家常话，甜像话里有话，那甜，是白菜的本甜，是更细微的关怀。

白菜本来是铺开了长的，它宽大的叶片像巨大的花瓣一样张开——只有白菜的生长最像开花。看着白菜一天天长大，人是欢喜的，那层层叠叠的叶片，像精致的花边，像无忧无虑的心，像不知烦恼的青春，像歌声——我家乡的民歌“拉魂腔”[①]的唱声，那声音总像层层卷卷，给人以缠绕无尽之感。但菜农不允许它一直这么长下去，等白菜长大了，他们就会把它的叶片朝内翻过去，就像使一朵盛开的花回到含苞状态。为了防止

---

① 拉魂腔，指山东省地方传统戏剧柳琴戏，国家级非物质文化遗产之一。

它重新打开，菜农还会在它的顶部压一块土坷垃。我有时觉得白菜这样是受了委屈，但它很快就顺从了菜农的意愿，抱成了一个团。

——白菜是听话的菜。

从夏到秋，多少白菜运进了城市。这浓眉大眼的菜，这一身清香的菜，这一层一层裹着秘密波浪的菜，它的心事，它荡漾在细致的叶绿素里的魂。

虽然众多的姐妹搭上车子远走他乡，但还是有许多白菜留在了乡下。秋后，田野寥廓，秋风凄紧，白菜顶一块硬土，在萧瑟田畴低下面庞。

这些剩在田野里的白菜，它们在想些什么呢？它们在暮色中抱紧自己的肩膀，是否正潜心暗恋于内心的歌唱？一片叶子抱紧另一片叶子，它们冷吗？是否在抱紧自身取暖？

我知道，这些体温凉凉的大白菜，最里面，都有一颗金黄、柔嫩的心。

我还知道，在一阵一阵的秋风里，所有的白菜，都已把自己抱成了晶莹的翡翠。

在深秋，在乡下，只要田野里还有没被收走的白菜，那些夜晚就是难眠的夜晚。在炊烟袅袅的傍晚或清冷的月光下，打开窗子是阵阵秋风，打开秋风是白菜的歌声，而在那歌声的深处，有时你会遇到一缕锋利的凉意。

那是一脉流淌了很久的凉意，仿佛是命运，又仿佛是美德，在你不经意间对它有所了悟的时候，它会轻轻刺在你滚烫的血液中。

辣　椒

我小时候，老家徐州乡下有句话很流行：窝头就辣椒，越吃越添膘。那时几乎家家吃红薯窝头。新出锅的窝头黑亮亮的，中间的凹坑里放一勺辣椒泥，就（掺和）着吃，咴咴溜溜的吸气声中，不知不觉，一筐窝头就被全家人消灭掉了。

徐州乡下的窝头很大，赛过拳头，这么大个儿的窝头，其他地方不知有没有。那时生活困难，一天到晚只有红薯吃，不免让人厌烦，需要菜肴相佐才咽得下，俗称“哄饭”，即利用菜的好味道把饭骗进肚子里之意。但蔬菜更少见，有时只有辣椒。即便只有辣椒，它显然也是称职的。辣椒之称职，全在其辣，当舌头被辣得不知所措时，窝头赶来救驾，一般不怎么细嚼就急着咽了下去。此情景，像是辣椒和舌头合谋设下的圈套。有时我还觉得，辣椒对待窝头之类的食品，不但是哄，还有强制驱动之效，类似乡村母亲对孩子所用的教育方法，总是准备了两手措施：香是好言相劝，辣是巴掌侍候，不论好言的效果如何，巴掌肯定会起到决定性的作用。

辣椒通常是调味品，在穷人的菜谱中，却永远是第一选择的正菜。

辣字在中国出现得较早，《广雅》：“辣，辛也。”《通俗文》：“辛甚曰辣。”但这时的辣味多指花椒、姜、茱萸等，与辣椒无关。因辣椒原产南美，明末才传入我国，最初叫“蕃椒”，因其味辣，改为辣椒。它冠得了中国的这个“辣”字，也从此修改了中国人对辣的感受，颠覆了我们传统的辣味观。有时我觉得，许多品种的辣椒外形很像毛笔头，它也真的重新书写了辣字在中国的新篇章。

辣椒，提升了辣的速度、深度和广度。在辣椒输入之前，中国的辣，就我们的味觉感知而言，速度要慢得多。辣椒对人味蕾的俘获速度，没有哪种香辛料可以相比。辣椒的外形像火苗，它本身就给人以动感。而在吃的时候，辣味却更像闪电，它一瞬间劈开了你味觉里迟钝、黑暗的部分，甚至惊醒了你身体里最偏僻角落的细胞。

但辣椒与中国传统的香辛料也并非水火不容，相反，有时还结合得很好，比如跟花椒结合就生出了麻辣。麻辣，该算是辣的一个分支吧。自从辣椒踏入国门，花椒的辣意已被夺去，就只剩下麻了。这麻，在麻辣里已只能处从属地位，像辣的跟班，替辣上下左右打点关系，比如麻痹麻痹味蕾等，使辣更得以长驱直入。

除了麻辣，尚有香辣、酸辣、糊辣以及红油味、陈皮味、鱼香味、怪味、家常味、荔枝味、酱香味的辣等等，这些都是辣大大小小的支系。辣椒的原辣有凌厉的成分，浮躁，愤怒，莽撞，不负责任。合成后的辣就不同了，香辣是聪明伶俐，家常辣是温良淳厚，红油辣是雄健放达，糊辣是大智若愚，酱辣是满腹诗书……

能吃辣是一种口福，只有那些口腔有了相当承受力的人，才真正识得辣滋味，也才能真正理解辣的层次、分支与内涵。人们对辣味的范围的层层突破和领悟，也仿佛对应着对生活各个层面的理解。辣椒，像微型的人生教科书。

辣椒也用来喻人,《红楼梦》中的王熙凤外号就叫“凤辣子”。但在乡村，说小姑娘是辣椒，指其泼辣美艳，无贬义，且“椒”“娇”同音，自有一份宠爱在里面。光阴环田绕户，夏露秋霜里，这些农家的女儿次第成熟，最后，都要换上一身大红的衣裳。这些小美女，缀在深深浅浅的绿叶中，呼吸相闻，笑语盈盈，如此活泼可爱，在秋风中难得有正正经经站稳身子骨的时候。

辣椒可以从夏初一直种到秋末。在乡下总有成畦的辣椒，但也有不少零零星星种在房前屋后的，只要有一个容得下脚的小空隙，辣椒就可以生长。辣椒从夏初长出角儿来就可以吃，吃到叶子黄落了，还挂有许多红艳艳的小灯笼。冬天，大地萧索，或大雪封门，挂一串串辣椒在屋檐下，那艳艳的红有持久的暖意。

辣椒在最后彻底成熟的时候都是红的，那红，是用汗水一点点喂大的红，也是更切合田园生活深意或乡村女儿的红，类似亮亮的面颊上的红，或者红头巾的红，当然，也是能把日子照料得火红的红。

大　蒜

小时候，母亲出谜语让我们猜:“弟兄七八个，围着柱子坐，一说要下山，衣服都撕破。”让我们猜是什么，我和弟弟齐声答:“蒜！”

答得准确，不在于我们善于猜谜，而在于这谜面故老相传，不知多少年月了。况且母亲常常忘记，这谜她早已出过多次，我们没有记不住它的道理。

但我仍然喜欢这谜语，在于虽然是一些蒜瓣，却像好汉，类似《水浒传》中人物。一帮兄弟呼啸下山去，干什么？自然是闯荡江湖，纵横人间，做惊天动地的事业。

在幼小的心灵中，江湖梦总是让人激动，而它就藏在一则谜语里。虽然我们吃的蒜瓣，总被母亲放在锅里蒸到熟香软糯，但那生蒜头的辛辣谁没领教过？有时遇见了大个儿的蒜头，就把它想象成了银灿灿追魂夺命的流星锤，敬畏得很。

大蒜，带着点野气，甚至带着点匪气，但更多的是英雄气。蒜的江湖，自然在台面之上，鼎镬之间，从青菜小炒到大鱼大肉，到处都有蒜的侠踪。近日天寒地冻，城市里吃火锅的人剧增，在热蒸汽的冉冉升腾中，总是听得有人说：来一碟蒜泥。

许多菜肴是缺不了蒜的，不要说大小宴席，即便是在旅行中，干饼冷馍，若得几瓣大蒜佐食，冷涩的味蕾也会即时生动。我想，人体内的五脏庙里，应该天然供着蒜的神位，蒜香不到，寝食难安。十道菜里八道有蒜，没有蒜的帮忙，咱们的胃口必然大面积陷入黑暗，而厨师们手中的大砍刀，肯定不会像现在这样耀武扬威，所向披靡。

蒜草莽气重，有股横冲直撞的味道，古人医书中说它“属火，性热，善化肉”，引申就是“辛熏之物，生食增恚，熟食发淫”。恚是怒，显然是乱性之物，所以《楞严经》列它为五荤之首，禁食。这个“荤”字，现在理解为肉鱼之类，其实肉鱼古代归“腥”，“荤”指葱、蒜等蔬菜，看看它的草字头就知道，荤原是指蔬菜的。但我前些日子在一家寺庙里吃素斋，虽无鱼肉，却时见葱蒜，可见师傅们佛经还未读得通达。

蒜不会改其辛辣，入得寺庙，也应属鲁智深一党。鲁智深让人又恨又爱又怕，蒜亦如此。人们对待大蒜，总是充满了矛盾的。

比如，就其气味，有人呼为蒜臭，饭罢要漱口刷牙嚼口香糖；有人誉为蒜香，如蒜香蛏鳝、蒜香脆皮鸡都是名菜。宋人罗愿《尔雅翼》甚至记载“胡人以大蒜涂体，爱其芳气……”，这“芳气”一词，值得为之浮一大白。

比如有人说吃蒜能致视力模糊，可有人又说它“初食不利目，多食却明”，意即吃多了眼睛就亮了。

比如蒜是配料，可在菜肴里地位重要，人们给菜命名时，又常常以蒜字打头，无锡名菜“蒜蓉蒸蟹”、江堰名菜“独蒜烧石爬鱼”皆是也。

比如蒜虽被认为是味重发热之物，可医家又说它“久食令人血清”。它气味不好闻，却又能去腥膻，“置臭肉中能掩其臭”。道理讲得兜兜转，转了一圈，又回来了。

说来说去，从思想深处，人们对蒜还是无法舍弃，所以蒜一直稳居在我们的菜谱中。又因其属于“有缺点的同志”，虽然也入得朝堂，大体上却还是民间身份，比如它很少出现在古人诗词中，一些民间小调如《竹枝词》中倒有它的身影。有一首《竹枝词》写得好：“夜半呕哑拨橹声，菜佣郭外听鸡鸣。青菘碧蒜红萝卜，不到天明已入城。”碧蒜，多么动听的名字，蒜薹清新，蒜苗可人，蒜在成长中，竟是如美丽的邻家小妹的。

蒜薹、蒜苗也有辛烈气息，但都是我所爱。虽然我一向仰慕君子之风，可面对大蒜却无法温文尔雅，有时坐到餐桌前也颇费踌躇，可美食当前，岂能放过，至于口气问题，也就只好“蒜”了。直至吃得满头大汗，像条莽汉，才知道这是自己的真面目，平时的西装革履一副精英模样，只是“装蒜”。

蒜中无绅士，但蒜中有真性情。它辛辣的鼓动和诱导，正是要见人的真性情。

椿　芽

我曾经写过一篇《黄花菜，母亲菜》。黄花菜，学名萱草。而在中国的传统中，萱与椿是常常合用的。如明代朱权《荆钗记传奇》:“不幸椿庭殒丧，深赖萱堂训诲成人。”这里，椿萱喻父母，椿，则是父亲的象征。

椿，就是香椿树。萱草是中国人的母亲花，香椿树就是中国人的父亲树了。椿芽，是香椿树头冒出的嫩芽。

椿芽好吃。不但好吃，就营养价值来说，它富含胡萝卜素，维生素 B、C，以及优质蛋白质和磷、铁等矿物质，远优于一般菜蔬。中医还说它具有清热解毒、健脾理气、杀虫、固精等功效，所以是宴宾的名贵佳肴，通常被列为“小八珍”之一。

椿芽虽然名贵，但古今的吃法几乎没有变化。最简单的是冷拌，把洗净的香椿头放到开水里焯一焯，待香椿转绿即捞出，沥水，加盐，即可食用。

此外，家常吃法尚有香椿炒鸡蛋、香椿拌豆腐等，皆美味。

四川有椿芽炒鸡丝，陕西有炸香椿鱼，更是久负盛名的地方传统菜。

我的父亲爱吃香椿。早春二月，当香椿树仅仅萌发了几个小红点的时候，父亲会用鸡蛋壳罩在香椿树的枝头上，等椿芽蜷了满满一鸡蛋壳时，摘下。这样的椿芽更加脆嫩，风味殊绝。

未经鸡蛋壳罩的香椿，就轻盈地伸展开来。椿芽，从颜色到造型都漂亮，叶厚芽嫩，绿叶红边，望去，犹如玛瑙、翡翠雕成的羽毛。椿芽冒得盛时，整个树都被一种淡淡的清香笼罩。

看父亲吃香椿是欣慰的。椿芽的香，是清香，但又不是一般意义中的清香，咀嚼中，香气会变得悠长而浓郁。父亲吃椿芽时，还喜佐酒。夹两筷椿芽，啜一口酒，他的眉毛额头都越来越舒展。生活清苦，时常会有烦心事，椿芽和酒的香，却仿佛能穿透肺腑，渐渐打垮了他的“心腹之患”。他快乐起来。

但现在，年老的父亲遵医嘱已几乎不饮酒，只在吃椿芽的时候，倒一点白酒，常常是饭毕，一杯酒还要剩下大半。他早年为生活打拼，一直率性为之，不料晚年却不得不节制。在椿芽的香气里看着杯中残酒，常让人心中恻然。

春天里，香椿芽蓬勃地生长着，但转眼就会被采光。春天的香椿树，是痛苦还是快乐呢？我不知道。我们唯知道椿芽好吃，总是采了又采，直到谷雨过后，香椿的叶子变了味道，才作罢。“雨前椿芽如嫩丝，雨后椿芽如木质”，谷雨过后，春天也尽了，椿芽纤维老化，虽有香气，已不可食。

椿芽还可腌吃。我的母亲精于此道，夏天来临，我家的餐桌上常会有腌香椿一道。腌香椿里多了份醇香，味道亦美。

家乡的香椿树多不高大，不过数米上下。为了方便人采摘吧，有的才一人多高，枝条旁出，类灌木。高大的香椿树，我前些年到离徐州不远的皇藏峪山中游玩时才看到。数十米高的香椿，兀立在寺院侧，使我蓦然想起庄子《逍遥游》中的话来："上古有大椿者，以八千岁为春，八千岁为秋。"香椿树不但是父亲的象征，还是长寿的象征。

古人诗词中写到香椿的很多，如"椿龄无尽，萝图有庆，常作乾坤主"（宋 · 柳永《御街行》）；如"溪童相对采椿芽，指似阳坡说种瓜"（元 · 元好问《游天坛杂诗》）……但写得最好的，我以为，还是唐时牟融《送徐浩》中的"知君此去情偏切，堂上椿萱雪满头"。

堂上椿萱雪满头。这样的句子，只要在心头念一念，就让人止不住要落泪了。

萝卜

阳光普照，大萝卜上市。萝卜带来的都是好心情。

小时候每到冬天，常见到一幅拔萝卜的年画，画中萝卜大半露出了泥土，被拔得呈倾斜状，三个儿童还在拉着萝卜缨子使劲儿拽，年画中的萝卜比三个儿童加起来还要大，以示丰收。那时还流行一首儿歌："拔萝卜，拔萝卜，嘿哟嘿哟拔不动……"因这歌儿整天顺在口上，所以一直记得。

我的家乡多种红萝卜，皮淡红或紫红，肉雪白，味道是甜脆中带着辣气，小孩子跟着大人生吃，往往吃上几口就辣得流口涎，咝咝吸气。我小时几乎吃不到水果，萝卜就是水果。

萝卜是越冬的菜，吃法生熟皆可。生吃，切丝或切片，用盐或用糖醋凉调。那时糖也少见，通常还是吃咸。熟吃不外炒，煮汤，烧。大块的萝卜要合肉才味美，可惜四季无肉，别说人的口舌，连萝卜本身大约都会感到寂寞寡淡吧。

“萝卜”二字很少出现在诗词中，入对联，我只记得郑板桥写过一个：“青菜萝卜糙米饭，瓦壶天水菊花茶。”此联像素食主义者的写真，还混合着清教徒的劝诫和士人的闲散意味，挂在富贵或官宦人家的厅堂里是合适的，但对于不见荤腥的小民百姓，有些扯淡。

萝卜是俗称，或曰小名儿，它还有许多官名，如莱菔、雹葖、荠根、芦菔、紫菘、芦葩、秦菘等。《诗经·谷风》有云：“采葑采菲，无以下体”，这个“菲”也是萝卜，大约可算萝卜最古老的称呼了。一有了官名，入诗就容易多了，宋代苏东坡有“秋来霜露满东园，芦菔生儿芥有孙”（《撷菜》）之句，元代许有壬描述了“性质宜沙地，栽培属夏畦，熟登甘似芋，生荐脆如梨。老病消凝滞，奇功直品题。故园长尺许，青叶更堪齑”（《芦菔》），都是赞美萝卜的。这些老先生都是文章大师，作诗如授徒，不叫学名大约总以为不算正经吧。但他们即便是在诗里也承认：萝卜是家常菜。

过去，萝卜和白菜一起，构成了普通人家越冬的主菜。储存的方法跟红薯或白菜差不多，窖起来或埋起来。萝卜之所以能成为越冬主菜，与其产量有关，种一亩萝卜，几板车都拉不完，另外，还与其菜性有关，明代李时珍在《本草纲目》中说它是“蔬中最有利者”，这评价高得很。《本草纲目》是药书，李老先生看重的是它的药用价值。现代中医认为，萝卜味甘辛、无毒，有解酒毒、散瘀血、消食、顺气、化痰、止咳、利尿、补虚等作用，还具有一定的抗癌功能，俗云“吃萝卜喝茶，气得大夫满街爬”。明代徐光启说它“凶年亦可济饥”。可见萝卜曾是维持普通人家生活下限的菜，冬天若连萝卜都没有，日子肯定不好过。

越冬中的萝卜有时会生芽子，生过芽子的萝卜，皮肉由瓷实渐渐变得干松，到了春天，有的已枯败如棉絮，几不可食。

我年纪稍长才见到青萝卜，内外一色，街头常有卖的，青青翠翠，有的还带有一径绿缨，花几角或一块钱买一个，甜脆多汁。过去徐州有民谣：“徐州城里一大怪，萝卜当成水果卖。”可见卖青萝卜的不少。

也有的萝卜外皮青，肉却红白青紫相杂。萝卜是朴实的，但它未必没怀抱过五彩缤纷的梦想。

气萝卜是结过籽的萝卜，晒干，挂在屋檐下，遇有人胀肚子或积食，煮水喝，有奇效。

水萝卜较小，如蒜头或山楂果大小，红白皆有，味道似比大个儿的萝卜好。但这好味道也可能只是一种错觉，只因为其外形娇小可爱。

巨大的白萝卜，我到南京才看到，粗如小型的暖瓶。过去南京市民曾被戏称为“大萝卜”，大约就是拿这种萝卜来作比的。不过依我看，南京的市民精明得很，此说显然不确。

把人比喻成大萝卜，喻其愚钝，但还暗存憨厚意。若前面再加上“花心”二字，就太刻薄了。有首歌曾一度流行，歌词有：“别假惺惺爱我 / 像花心大萝卜 / 别软趴趴看我 / 装可怜来骗我……”（《不要你的礼物》）以此讽刺恋爱中的男人，够损的。

但另一首歌也以萝卜喻恋人，却可爱。那是一首电视连续剧的插曲，电视剧名字记不太清了，大概叫《康德第一保镖传奇》，歌词却记得几句，中有“红萝卜的胳膊白萝卜的腿，花心心的脸庞红嘟嘟的嘴”等，比喻的是美丽女性。这样的比喻，比使用花儿朵儿来作比更多了一份清新淳朴之美。

萝卜太大众化，有人以为它无诗意，与高雅挂不上边，其实未必。“头戴翡翠冠，外披彩霞衣，身如洁白玉，根是人参须。”瞧，它使家常生活本身就成了朴实的诗。而且，许多高级宴席，上面精美的雕饰也是用萝卜做的，原因很简单，其他的菜不合适。过年的时候，也有人家把萝卜去尾，挖空，里面种水仙，或简单地丢进去一窝蒜，用线高吊在阳台上，萝卜的缨子倒卷着长上去，加上水仙或蒜苗的青绿，清雅。它有个好听的名字：岁朝清供。

但萝卜说到底还是菜。它从一出苗就可以吃，一直吃到长大，收进窖里接着吃。除了果实，它的缨子可以腌咸菜，或晒干了存起来，到了正月，用来包饺子。

黄花菜

现在的母亲花，很多人以为是康乃馨，但这只是西方习惯，中国也有自己的母亲花，是萱草。《诗经·卫风·伯兮》："焉得谖草？言树之背。"汉代毛亨传："谖草，令人忘忧；背，北堂也。"汉代郑弦笺云："谖，本又作萱。"谖草就是萱草，背与北通，指母亲住的北房，全句意为：我到哪里弄到一枝萱草，种在母亲堂前，使她没有忧愁呢？唐代孟郊的《游子》诗："萱草生堂阶，游子行天涯。慈母倚堂门，不见萱草花。"宋代叶梦得的诗："白发萱堂上，孩儿更共怀。"都是把萱草与母亲连在一起。在古代，萱草就已是母亲花了。

萱草入诗，是书面语，它通俗的名字叫黄花菜。这个名字几乎人人皆知。在民间，它还有许多名字：忘忧草、金针菜、安神菜等，萱草之名倒少有人知道。以菜名之，注重的是它的实用价值，标志与寄寓倒在其次，这也是贴近民间性的，宛如儿童眼里的母亲，容貌的美丽并不重要，亲贴与依靠才是最重要的。

黄花菜似乎是可以随处生长的，天井、沟渠、背阴或向阳处，环境对它似乎影响不大。记得小时候，我们的村子外面很大一块地里有许多野生的黄花菜，那里是废黄河滩，不入册集的荒地。黄花菜一蓬一蓬的，在黄沙里很是茂盛，有的比我长得还高。开花的夏日，趁着清晨的凉爽去采花，实在是很享受的事。叶子上滚动的露珠，花草淡淡的清香，在少年的体内渐渐完成了与温热梦境的交换，我常常是在草地里才彻底清醒过来，看着母亲的篮子里，金色的花朵堆积。母亲头上的毛巾，被露水扫刷湿透的裤脚和她的面颊、健壮的手臂，在这早晨的劳动里似乎都有清新的寓意。远处的芦苇丛中时有水鸟在啼啭，天地很静，黄花菜叶子因我们的蹚动而摇晃，我也掐下来几朵花放到母亲的篮子里。对我这个小人儿的劳动，母亲并不夸赞，但眉眼间有的是疼爱和欣喜。

黄花菜的花期只有一天，朝开暮谢，早晨是它最好看的时候，花冠如钟，黄如柠檬色，花丝细长，绚丽而又不甚张扬，那种美，实在是一种静好的美。

花朵晒干了做菜，《群芳谱》说它："春食苗，夏食花，其雅牙花的跗皆可食。"黄花菜无论干鲜，都是菜中珍品，鲜美可口，配荤酸素均宜。但鲜黄花菜烹调时，火力需大，要炒熟，半生不熟则会引起中毒。我小时候常吃凉拌的鲜花，但也要先在开水里焯透。

黄花菜的花、叶、茎、根都入药。

我一直以为黄花菜是只适宜生在乡野的，但近读古人诗才知大谬。唐代韦应物"何人树萱草，对此郡斋幽"（《对萱草》），明代高启"幽华独殿众芳红，临砌亭亭发几丛"（《萱草》），说的都是种在高舍华堂处的，有贵族气。清代姚永概《咏常季庭前萱草》中"阶前忘忧草，乃作贵金花"，更是一派富丽的金色。忘忧草，这是它的另一个名字。我的母亲已老了，许多疾病常常使她痛苦，我多么希望她能忘却痛苦忧愁。

葱

小葱是怀旧的菜。我早晨散步，步行穿过天津新村到南艺门口，一路上，卖葱油饼的摊子不下七八家，空气里弥散着葱花香气。看着身边买了饼边走边吃的学生，我仿佛又回到了青年时代。

在小区门口或狭窄的街道边，卖葱、蒜的小贩也让我感到亲切。他们大都是皖北人。我是徐州人，听口音，他们类我的乡亲。

葱油饼要趁热吃，所以，做葱油饼的铺子前大都不设桌凳，但有豆腐脑的除外。一块葱油饼加一碗豆腐脑，热热地吃着，晒在身上的阳光也暖了起来。若是豆汁更佳，一大碗，再来一大碗，吃得心情定下来，早晨也不显得那么匆忙了。

葱油饼是饼的美梦，因为葱香，面也跟着香得像得了要领，格外浓郁。

做葱油饼的是葱花。葱花以小葱为佳，因其香气更浓。小葱炒鸡蛋也很好吃，且做法简单，把葱切碎和鸡蛋打在一起，加一点盐，下锅炒熟就 OK 了。我小时候家里很少能吃到肉，小葱炒鸡蛋就是最好的菜。但鸡蛋也不能常吃，通常要用来换零钱，买油盐酱醋，如换到豆腐，就吃小葱拌豆腐。小葱拌豆腐——一清二白，这歇后语人人会，就像小葱天天吃。

小葱是葱的童年，吃小葱也容易回味童年。童年一晃就过去了，只有菜摊上的小葱鲜灵灵依旧，卖菜农妇的背影也依旧像祖母。

葱的品种甚多，小的时候几乎是一样的，及至长大，各不相同。长大了叫大葱。最大的葱据说能长到近两米高。如此魁梧的葱我没有亲眼见过，陈毅诗“海酿千钟酒，山栽万仞葱”（《六国之行》），要用这种葱作比才好。

上中学时，班里新来了插班生，山东人，喜吃煎饼卷大葱。那种煎饼，直径总在七八十厘米，葱则粗如胡萝卜，卷起来金灿灿的，端的威风凛凛，直如武松打虎的哨棒。他吃相亦威风，左一口，右一口，中间一口，腮帮子鼓得老高，甜脆之声动人心魄，引得我们直咽口水。不久混熟了，他再带了煎饼大葱来，大家便一拥而上，分而食之。后来我有机缘在鲁南赴宴，亦有煎饼卷葱，煎饼已裁为巴掌大小，葱亦一段段切成粉条粗细，大家很文雅地吃，而少年时代那种壮观的吃法，已多年不见。

山东大葱天下闻名，尤以章丘为佳，莱芜鸡腿葱、寿光八叶齐也很有名。但山东葱来到南京的超市，由于长途运输，即使剥掉一两层皮，也还是显得老，口感也粗，有人戏称为“大老粗”，已失了山东精神。

山东人自古爱吃葱，《庄子》有“春日饮酒茹葱，以通五脏”，《管子》有“北伐山戎，出冬葱与戎菽，布之天下”。庄周是山东人，管仲则在齐国为相。庄周以葱佐酒，管仲以葱佐武力安天下，皆是让人热血沸腾的事，正当得大葱的一个“大”字。

葱还宜蘸酱吃，民谚有云：“大葱蘸酱，越吃越壮。”葱辛辣，吃完了，去打场、耘田，一身的力气热辣辣地使。大葱，是切合劳动者精神的菜。

我还喜吃葱爆羊肉，用鲜嫩的大葱。葱大，才能斜切成块，配羊肉爆炒，大块葱大块肉，看着吃着都爽。

大葱之外还有香葱。香葱纤细，比筷子还细，有婷婷袅袅意。葱白细嫩白净，稍一用力折断，即滴出乳白色的浆液来。

葱可生食，感觉上，香葱又尤宜生食。葱之生食类恋爱，熟炒了像过日子。香葱，一炒就俗气了。

葱自古多入诗，最有名的是汉乐府《孔雀东南飞》里形容刘兰芝的一句:“指如削葱根。”千百年来，历代文人想尽了各种招数，如唐代方干《采莲》之“指剥春葱腕似雪”，南宋吴文英《齐天乐》“素骨凝冰，柔葱蘸雪，犹忆分瓜深意”，但再无出其右者，皆为汉乐府的改装版，缺原创新意。

“指如削葱根”的葱应该不粗不细才好，太粗如山东大葱，笨了；太细如香葱，妖了。我家乡徐州的小葱多如手指粗，吃，看，都有美人相。宋代徐州诗人陈师道有咏葱诗句“已办煮饼浇油葱”，写得朴实。

陈师道是朴实的人，朴实的人吃饼，日子过得踏实。若再有青青绿绿的小葱侍候，像有清新美丽的夫人操持家务，再平淡的人间也是天堂。

扫帚菜

店门前的花圃里长了许多扫帚菜。

这些菜，还小，大者不过尺许高，不见强势，但得生机。妻掐其嫩叶做菜。

扫帚菜，我小时候叫它扫帚“miǎo”子，“miǎo”这个字一直不知怎么写，近来以为该是“杪”。杪，《说文》谓之“木标末也”;《方言》云“木细枝谓之杪”。杪为树梢，但扫帚菜虽是草，也能长得高大到类似小灌木，占个“杪”字，也不是没道理。

扫帚菜长到一人多高，连根砍掉，晒干，中间用绳子拦紧，就是扫帚。

小时候，家里的扫帚有两种：扫帚杪子和竹扫帚。

竹扫帚太大，要大人使用，小孩子用它扫地，类似转动地球般艰难。扫帚杪子就不同了，大小可随意。扫帚菜不管长到多高，砍下来一样做扫帚。扫帚菜的枝条也有竹黄色的，但柔软许多，暗许多。

我是痛恨竹扫帚的，连同它金色的光泽，以为那是炫耀和得意。扫帚杪子则质朴，脆弱，类似常被呵斥干活的小孩子的童年。

明代李时珍《本草纲目》说："地肤嫩苗，可作蔬茹。""地肤"是扫帚菜的古名。李时珍在这里说得不甚准确。扫帚菜即便长到十分高大，仍有嫩枝不停蘖出。它的嫩叶儿永远都是有的，所以终其一生它都"可作蔬茹"，岂止嫩苗。

《本草纲目》还说扫帚菜"久服耳目聪明，轻身耐老"。我久服不可能，明日要回南京，今天且放开肚皮吃一顿。

妻调了凉菜。把扫帚菜放在开水里氽过，取出，沥去水，切细，调以精盐、醋、麻油、蒜末。扫帚菜好像一直就是这么吃的。有食谱上说把它炸了或炒了吃，我从没那样吃过。

扫帚菜即便在开水里氽过，叶子吃起来仍有粗糙感。或者不叫粗糙，是有点沙。能做扫帚的菜毕竟不同，吃的时候，类似用一把小扫帚在打扫，舌唇两腮都沙沙的。我小时候极不喜这种感觉，现在却喜欢，既像粗，又像粗中有细，或者说，是每片叶子都不愿一滑而过，而想给口腔留下更真切鲜明的印象。医书上说扫帚菜能减肥、降脂、降血压，还能保护心脏。对于藏污纳垢的身体，扫帚菜真的是一把扫帚，吃一顿，等于给身体进行了一次大扫除。

扫帚菜还可做蒸菜，我小时候吃过，这次没吃到。

扫帚菜的叶子煮汤清洗，可治皮肤病；籽有清热功效，能治膀胱炎。

扫帚菜不怕掐，越掐长得越旺。——虽说是野生菜，扫帚菜却好像懂得人的心事。

姜

孔子无疑是姜的忠实拥趸，他在《论语·乡党》中说："不撤姜食。"两千多年前，要做到每食必有姜，不容易，要知道那时候他的老家山东还不种姜，现在有名的莱芜姜才不过百年历史。不过，孔子周游列国，吃姜，自然比一般人便利了许多。我怀疑孔子是个大大的美食家，因为他还曾说过"食不厌精，脍不厌细"，对吃如此严谨，已不亚于对待学术研究了。只不过那时还不时兴大张旗鼓地提倡美食，他在这方面的才能也就被儒学之名掩去了。

孔子会怎样吃姜呢？以他"割不正不食"的习惯，是否也要把姜切得方方正正呢？我有时猜想，现在的厨师在烧菜时，抡起刀板，把一大块生姜"啪"的一声拍个筋断骨折，往锅里一丢，当菜端上来时，孔子会不会不下箸呢？我想不出来。想不出来就不多想了，面对香气扑鼻的美食，口腔的反应总是比大脑要重要得多。

孔子吃姜，至少说明了两个问题：一是国人吃姜的历史不短，几千年了；二是姜的地位很高，毕竟能把大名写进《论语》的蔬菜，没几个。

姜属姜科，多年生草本，须根不发达，根茎肥大呈不规则状态。我们通常能见到的，也就是这不规则的根茎。我老家有人种过姜，姜棵的高矮，与小麦仿佛，叶披针形，一般不开花。不开花并非不能开，据说姜花还是挺漂亮的，在咱们这里不开，纯属气候所致。姜原产印尼一带，人家原是热带岛国居民，来到中国，类似于当年的知识青年下乡，受的委屈大了，推究起来，咱们心里难免还是会偶有愧疚的。不过，这且撇开了不提，毕竟味蕾需要，姜，还是要照吃不误的。

姜用作调味料，几乎所有的荤菜中都有它的踪迹。由于生姜所特有的辛辣味可以去除鱼、肉中的腥膻气味，又可以增添独特的芳香，因此几乎无姜不成菜。姜亦可作正菜，没长成的新鲜嫩姜，少辣气，有甜脆意，用来炒肉，鲜美无比。姜还可作中药，《本草纲目》记载："姜，味辛，微温，无毒，久服去臭气，通神明，归五脏，散烦闷，解药毒，益脾胃，发散和中。"我小时候感冒风寒，因家贫，连维生素 C 也买不起，姜就是维生素 C，一大碗姜茶下肚，汗出如浆，豁然病去。南宋吴文英《杏花天・咏汤》中有云："蛮姜豆蔻相思味。算却在、春风舌底。"姜茶微有甜味儿，到了词家笔下，不但甘香温暖，还能勾春引色、妙解风情。

为什么那么多的菜和药都离不开姜呢？值得深思。看来姜的作用，引申到社会学也是有意义的，比如某人被单位废弃不用时，也许就应该站在姜的位置上反思一下，说不定会有所觉悟。

姜，种类繁多，我偶尔到过一个与姜有关的网站，发现其关键词一栏列有：生姜、大姜、黄姜、老姜、菜姜、仔姜、鲜姜、沙姜、香姜、白姜、红姜、野姜、虎爪姜、凤头姜、阳荷姜、山东大姜、台湾肥姜……数量之多，看得让人头大。不过生活中所见，一般都是黄姜。黄姜香辣，气味浓烈，肉质结实，是姜中上品。但黄姜也只是姜出土后变化的一个阶段，其他还有新姜、老姜之分。新姜指刚出土的姜，皮薄肉嫩，味淡薄；老姜皮厚肉坚，味道辛辣，但香气又较黄姜为逊。新姜宜作配菜或酱腌，取其鲜脆。老姜除了做菜，还宜入药。鲜脆是情，老辣是道。情到深时化作爱，化作满腔欢喜；道行深了就是药，就是看破红尘，治病救人。

新姜惹人怜爱，宋代刘子翚《姜芽咏》："新芽肌理腻，映日净如空。恰似匀妆指，柔尖带浅红。"把新姜比作色泽细匀、微透淡红、半透明的女子手指，美妙得很。柳宗元的评价更高："世上悠悠不识真，姜芽尽是捧心人。"他把新姜比作绝代佳人西施了。

有人把新姜比作少女，就有人把老姜比作少妇。俗语"老妞，干姜，越嚼越香"，话说得确实俗了点，但俗的道理却似乎特别有道理，心理学家费尔德曼博士就说："魅力比年轻更重要……成熟女性完全可以胜过年轻少女。"岂止有道理，史实也多有印证，比如三国时，一向道德胜过“美色”的圣人关羽，让他不能自持的女人是秦宜禄的老婆。曹操所喜欢的女人，也几乎全是成熟少妇。姜是老的辣，虽然脱去了许多水分，但味道浑厚宽容，多了内在的吸引力，比之于女性，就是风度卓然，芳香独特，魅力的附加值更高了。

古人把姜比来比去都是女性，但我以为，姜的辣，更近于雄性之美。新姜是美少年，是白马银枪；黄姜是张飞，刚猛忠烈，带着点莽撞；老姜是姜子牙，雄才大略又老谋深算。这不同种类的辣，都是肝胆，是心肠，是武功，祛的是风寒邪气，扶的是人间正道。

苦 瓜

癞葡萄像什么呢？像手雷，美国鬼子用的那一种，椭圆形，表面有瘤状凸起。这是我小时候的印象。那时候，村子里也只有杨木匠家种它，在他家绿瀑似的篱笆上大大小小地悬垂着。杨木匠的老婆是他从外地拐来的，据说曾经是个窑姐儿，人像玉做的，瘦，皮肤比一般人白。她被批斗的时候，脸更白。后来我见到长条形的苦瓜，觉得她就是那样子。

我们去偷癞葡萄。杨木匠的老婆看见了，在院子里说：“拿去吧，能吃的。”我们就朝她瞄准，把癞葡萄扔过去，嘴里喊：“咚——”癞葡萄苦，我们尝过，不能吃。我们以为她在使坏，才把癞葡萄当手雷用。

过了近三十年以后，我才知道癞葡萄还叫苦瓜。我从城里回乡，杨木匠去世了，他老婆已是个瞎眼老太婆，脸上全是褶子，不再像玉，甚至不再像苦瓜，而像风干了的丝瓜。

苦瓜苦，有些人的人生比苦瓜还苦。在我们那个村子里，现在依然很少有人吃苦瓜。癞葡萄有人种，主要用作观赏。

我第一次吃苦瓜，是在四川的泸州。那是一道凉拌苦瓜，碧碧的，如翡翠。由于经过了处理，吃起来没臆想的那么苦，淡淡的苦意在凉凉的感觉里洇开，很快就消失了，就忍不住再来一筷。我学会了吃苦瓜，觉得那苦意更类似于清爽的代名词。那几日在青山绿水里流连，觉得彼地山水，都与这碧瓜有种精神上的通连。

再后来我在太湖吃到苦瓜，感觉依旧好，并且知道，在国内许多地方，苦瓜是被普遍种植和食用的。

在南京人的餐桌上，苦瓜很常见。大大小小酒家的菜单上，都有苦瓜。其吃法也多，如清拌苦瓜丝、绿豆凉瓜汤（苦瓜又名凉瓜）、苦瓜炒腊肉、糖醋苦瓜、干煸苦瓜、鱼香苦瓜、尖椒苦瓜、五味苦瓜、冬菜苦瓜等等。

南京的历史上，曾有个叫苦瓜和尚的人，就是清初书画大师石涛。他是明皇室后裔，改朝换代后心中凄苦吧，所以取这名字。他后来归隐扬州，以卖画为生。据说他餐餐不离苦瓜，甚至还把苦瓜供在案头朝拜。苦瓜，在他那里已类似某种精神建筑，他住在里面，拉开了与俗世的距离。苦瓜的苦，其实含了不合作的精神，和孤绝的傲气。

与苦瓜和尚的精神寄托不同，现在的人吃苦瓜，更注重其营养价值。清代王孟英《随息居饮食谱》载：“苦瓜清则苦寒；

涤热，明目，清心。可酱可腌……味甘性平，养血滋肝，润脾补肾。”医家认为，苦瓜归脾、胃、心、肝经，有清热解毒、清心明目、补气益精、止渴消暑、治痈的功效。大概苦能克甜，苦瓜还能降血糖。现在的高血糖病人，常被医生建议吃苦瓜。不但克糖，还能去脂。据说苦瓜对减肥也有效果，因此它又常被营养师们作为减肥佳蔬向美眉们推荐。

减肥是件吃苦耐劳的事，常见的运动减肥法，是每天去操场跑个二十圈，或者到健身房里折腾个死去活来。但在减肥广告中不同了，吃苦瓜，仅仅就是吃苦，耐劳就免掉了，难度已减去一半。有苦瓜相佐，减肥也就不显得那么悲壮了。

肥胖之躯，仿佛富饶之国。苦瓜性苦寒，苦寒，类似于一种忆苦思甜的精神吧，像对身体进行的一次再教育。

苦瓜除了癞葡萄、凉瓜之名，别称还有很多。

如锦荔枝——这大概是指椭圆形的苦瓜，因其形类荔枝。清代叶申芗的《减字木兰花·锦荔枝》：“黄蕤翠叶，篱畔风来香引蝶，结实离离，小字新偷锦荔枝。但求形肖，未必当他妃子笑。藤蔓瓜瓤，岂是闽南十八娘。”写得好。

如菩达、菩提瓜——苦瓜清心火，有佛性。苦瓜烹调时，还不会把苦味传给与它搭配菜，仿佛有君子之德，也被誉为“君子菜”。

如红羊、恒菜——红羊美且活泼；恒菜似有深意。

如红缕鞋——苦瓜成熟时，瓜开裂，露出的是红色瓜瓤。

如红姑娘——这是我最喜欢的名字。表面有瘤和皱纹，怎么会叫作姑娘呢？还真的奇怪，以苦瓜比喻姑娘，并不给人以丑的感觉。成熟中的苦瓜，有种锦绣般的诗意在里面。但你去生活中寻觅，又觉得找不到这么个人。红姑娘，类似一个梦。

青　豆

青豆就是毛豆。毛豆，就是籽粒尚未完全成熟的大豆。

青豆要怎么做才好吃？依我的经验，我们小时候用火燎的最好吃。燎，字典上的解释是“挨近火而烧焦（多用于毛发）”。这跟我们燎毛豆区别甚大，毕竟毛豆棵儿青青，饱含汁水，与见火就着的毛发相去甚远。

豆是毛豆，火是野火。燎毛豆要选好时节，最好是在初秋，即暑假开学后不久。不能太早，比如夏天，豆粒尚未长成，而且万木青青，连一片枯叶也不见，没燃料。也不能太晚，到了秋末，豆粒儿变硬，硌牙，就不好吃了。初秋，一般是上学或放学的路上，在树林里，或者河沟的坡上，寻些枯叶和枯枝，再从生产队的大田里拔些毛豆来，偷偷地把火点着了，先是烟，接着是黑红的火舌翻卷上来，然后是透亮的火苗欢快地跃动。这时候把毛豆棵伸过去，在火里燎，豆棵上的叶子也慢慢跟着燃烧起来，火苗在金色的阳光中，轻盈、透明、调皮、不事张扬。一切都是那么安静，只有火苗细小的呼吸声和枯枝偶尔的断裂声，只有我们急切、快乐而又有些担心的心。我们不断地用褂子扇着，不让柴火起烟，以免被看庄稼的人发现。我们不时地站起来朝远方观望，警惕性不亚于偷食的田鼠。

火苗里很快飘出了香气，先是丝丝缕缕，接着是毛豆的香混合着水汽吱吱地从豆棵的荚和茎里往外钻。毛豆熟了，我们一边忙碌，一边喉结大动，不停地吞咽口水，有性急的就用手去揪热烫的豆荚。剥开黑乎乎的豆荚，翠绿的青豆粒儿冒着热气，死命散发浓香。当年和伙伴们吃豆粒儿的样子，现在想来极为滑稽，因为烫手烫嘴烫舌，大家边吃边吹气，或摇头，或跺脚转圈儿，当真是怪态百出。

但这样的野火已经只躲在童年深处。有二十多年了，我虽然仍喜欢吃青豆，但再没吃过燎的。要吃，只能从菜市场直接买来豆粒，炒了吃，或烧菜。有时买了豆荚，洗净，用盐水煮，然后边剥边吃。

盐水毛豆，在徐州的菜馆里是下酒菜。即便有手剥的趣味，比起我小时候的燎毛豆，味道似乎还是差了不少。但这也许只是偏颇的感觉。童年时燎毛豆的实际味道或许没有我回忆中的那么好，但它里面包含着的偷偷摸摸和煽风点火，以及紧张、刺激与野趣，都不是现在的青豆所具备的。

大豆为豆科大豆属一年生草本植物，原产我国，已有五千年的种植史。说起来，大豆还真让我们感到骄傲，因为世界各国栽培的大豆，都是直接或间接由我国传播出去的。青豆，又名青大豆，又分为两种：青皮青仁大豆、青皮黄仁大豆。我小时候吃的都是青皮黄仁大豆，里外全青的，我工作后才吃到。做菜时，在保持籽粒完整的情况下，两种青豆从营养到味道都没多少区别。如果打碎了做菜，全青的更有优势。比如做青豆泥，全青的磨碎后，绿如翡翠，以红枣、枸杞、葡萄干、莲子、花生等为点缀，蒸为七宝青豆泥，味道、品相均绝佳。

作为粮、菜两用作物，青豆含丰富的蛋白质、氨基酸。它味甘、性平，还具有健脾宽中、润燥消水的作用。清代黄宫绣《本草求真》中即有“烘青豆治内热郁蒸”的记载。烘，是把青豆沸煮，再烘干。国内的烘青豆似以天目山产的最有名，不硬不软，色如翡翠，味介咸淡之间，又略呈清甜，可作休闲佐餐，也可助品茗，或佐酒。

与烘同样有趣的是熏，也是先把青豆沸煮，再放到炭墼上熏烤。熏青豆碧绿生青，软硬适中，小吃过粥皆宜。

烘青豆和熏青豆都是普通人家的家常小吃。青豆，最热爱走的，仍然是群众路线。

青豆做菜，不易入味。若是干的，须先泡软；若是炒菜，须先过油。过油，饭店里较方便，家庭不便操作时，要先煮几分钟致半熟才好。煮汤，烧菜，则事先泡软即可。

青豆也可作为菜的点缀。如咖喱鸡蛋包饭，在金黄的蛋皮和艳红的咖喱酱上，撒几粒青豆，一片艳俗立即被这点滴清雅化了去，仿佛一首诗有了诗眼。

大略源于不易入味，现在有许多小孩子不愿吃青豆。但其营养又为儿童成长所必需，所以总得要哄着他们吃下去。我记得女儿小时候不爱吃豆，我从某本书上看了首吃豆的儿歌：“吃豆豆，长肉肉，不吃豆豆精精瘦。”每临吃豆，必与女儿共同念之背之。女儿名青青，每念到“精精瘦”，她就认真纠正道，不对，不是“精精瘦”，是“青青瘦”。我们便一本正经地承认错误。这法子，倒也哄她吃了些青豆。

有时候连这法子也失效，她懒洋洋的，不念，青豆递到嘴边就摇头。我便想起自己小时候吃燎青豆的馋相，不免在内心里轻轻叹息：青豆，在不同时代的儿童那里，境遇已是如此不同。

韭　菜

假如想做一个懒惰些的菜农，最好去种韭菜。因为韭菜是多年生蔬菜，一次种植后可连续采收多年，割了又长，长了又割，几乎不用换茬翻耕。也就是说，韭菜种下后，你只要再预备一把镰刀就够了。韭菜类似老婆，娶回家后寒暑不易，省心；其他菜类似情人，要看季节，且需小心侍候，累得多。

菜蔬繁多，性味各异，有人喜芦蒿，有人厌香椿，有人对胡萝卜不咸不淡。但在对韭菜的喜爱上，大家都无异议。我就餐的食堂，偶尔有韭菜，如韭菜炒鸡蛋、韭菜炒虾米，或韭黄蛋饺之类，很快就会被人分食个干净。

与许多封建社会中晚期才进入中国的菜蔬不同，韭菜是地道的中国菜。《诗经·豳风》云：“四之日其蚤，献羔祭韭。”那时不光已经有了韭菜，它还是祭品，在菜蔬中地位很高。《礼记》也说，“庶人春荐韭，配以卵”，大概是用鸡蛋炒韭黄祭祖宗之意。韭黄是埋在土里的韭菜嫩芽，营养较韭菜略低，鲜味却有过之而无不及，乾隆时“韭黄肉饺”曾列入御膳食谱。可见从中央到地方，从灶台到祭坛，都少不了韭菜。韭菜是得到了各阶层人士喜爱的菜。

大概因韭菜味美吧，汉代的时候，宫廷就试图在冬天里培育韭菜，《汉书》载：“太官园种冬生葱韭菜茹，覆以屋庑，昼夜燃蕴火，待温气乃生。”这也许是中国最早的温室种植了。

关于韭菜的诗句，直到现在，最著名的大概还得数杜甫的那两句：“夜雨剪春韭，新炊间黄粱。”春韭的鲜香加上故人的情谊，曾给亡命乱世的大诗人以无限安慰。韭菜的味道的确以春天时最美，自古以来，赞扬春韭者不计其数。宋代林洪著《山家清供》载，南朝齐的文学家周颙，清贫寡欲，终年常蔬食。文惠太子问他蔬食何味最胜？他答曰：“春初早韭，秋末晚菘。”周颙真是韭菜的知音。

韭菜的吃法很多，可以煮粥，做菜合，也可以用来炒虾皮、炒鸡蛋、炒肉丝、炒豆腐……炒豆腐尤妙，是先用干锅将豆腐烘得黄黄的，然后弄碎了与韭菜合炒，干香开胃，可谓价廉味美。韭菜还可以腌，法子与腌咸菜无异，几天后就可以拿出来切了生吃，别有风味。

韭菜味辛烈浓郁，合荤、素食皆宜，也可像葱蒜一样做调味品，如北方人吃煎饼夹葱，过了长江则换成了韭菜末。再如炒绿豆芽，撒入少许韭菜，再撒上些红椒丝，合炒，提味，又不掩绿豆芽的清爽。在颜色和味道上，红椒丝是明修栈道，韭菜是暗度陈仓，各行其道，相得益彰。

秋韭亦美，不亚春韭，是以民间谓之“两头鲜”，夏韭较老，不宜多食。《本草纲目》说：“韭菜春食则香，夏食则臭，多食则神昏目暗，酒后尤忌。”但夏天的韭菜花是美食。盛夏，雨水洇透，到处都在冒烟，到处都是青青的合唱，开了花的韭菜也更有女性气息，细碎的小白花，像小姑娘仰着好看的脸儿，清澈的眼睛里，满是憧憬。这时节，空气也像酿成了透明的好酒，老韭菜自己也醉倒成了一地丝绸。

《本草纲目》还说："韭……乃肝之菜也。"谓韭菜养肝，有温中下气、补肾益阳等功效。这低低的贴着地面生长的菜，也仿佛真的是有肝胆的菜。汉代民谣："发如韭，割复生……吏不必可畏，小民从来不可轻。"韭菜被用来比喻平民的反抗精神。《聊斋志异·聂小倩》中，侠客燕赤霞那枚能够"裂箧而出，耀若匹练"降妖伏魔的宝剑，也小如韭叶状。韭，充溢着侠肝义胆的气息。

由于温室早已普及，即便在风雪搅天的寒冬，菜市的柜台上也摆着鲜绿的韭菜。但只有到了早春，韭菜青青的脚步，才像是真正押住了季节的韵脚。"渐觉东风料峭寒，青蒿黄韭试春盘"（宋·苏轼《送范德孺》），从心理上讲，人也仿佛只有尝了头刀韭菜，才会觉得春天真的来到了。

土　豆

苏北或鲁南的乡村，在麦收时节，家家要备菜，备得最多的，一般是土豆。之所以选土豆，是因为农忙时节，抢收抢种，人们没时间去赶集，而其他菜又不易贮存，只好买土豆。买上一口袋放在厨房里，能吃上个把月。

即便只有土豆，它也仍然是称职的，炝土豆丝，炒土豆片，偶尔来个土豆烧肉，都很下饭。20 世纪 80 年代后期又引进了包菜。包菜最多吃个十来天，吃着吃着就老了。我曾吃包菜吃倒了胃，看见它就恶心，但对土豆却是百吃不厌。

割麦子的时候，父亲领割，弟妹都还小，力气弱，跟不上趟，父亲就讲故事，讲《小二黑结婚》《三里湾》《吕梁英雄传》。为了听故事，他们不自觉地加快了速度。我父亲是 20 世纪 50 年代的大学生，后来回乡劳动。文化就是生产力，在改革开放还没开始的时候，他似乎已经知道了这一点。

父亲讲的故事，都来自一个叫“山药蛋派”的文学流派，主要作家有赵树理、马烽等人。他们写的都是农民。农民的“土”，就像山药蛋。而山药蛋是土豆的别名。

厨房里放着土豆，听着土豆派作家写的故事，干着农活儿，这就是最质朴的乡村风景。土豆，这种在泥土里默默生长的圆头圆脑的菜，和土生土长一生最后重回土中的农民，在精神上是一致的。白连春有一首题为《土豆》的诗，把这种精神写了出来：“悄悄地爬着前进，对于泥土底下无边的黑暗，土豆一句话也不说，它只是悄悄地爬着前进，穿过石头的缝隙，穿过阳光和雨水……它的力量来自种它进泥土的手，以及渴望庆祝它的胜利的眼睛，还有那个等待用它来填饱的肚。”

我把原诗的分行取消了。农民诗人白连春，他的诗质朴得完全不用分行。

土豆还有个名字叫马铃薯。这个名字有意味。马的铃铛，似与旅行有关，与“鸡声茅店月，人迹板桥霜”（唐·温庭筠《商山早行》）之类有关。土豆体内，真的藏着这样清远的风景吗？不，它最多与耕地拉车的马铃铛有关。马拉着车在田地里走，叮当叮当……土豆们在泥土下听着，兴奋着。已经是收获季节，马车进地，像起床铃，众多的土豆兄弟就要被刨出土来。

但土得连渣都几乎不掉的土豆，却是个真正的“洋插队”。它还有个名字：洋芋。这是相对于中国的芋头而言的。从这名字上，已经可以窥见它的出身。对于舶来食物，中国人最早冠以“胡”字，如胡瓜。到明代的时候还用“番”字，如番薯。用“洋”字的时候，国民心态已有了问题。土豆原产秘鲁，后来传到欧洲，清朝时经由海路传入中国。那时候，中国在世界上的地位，已经不复往日的强盛。

在对土豆的身份定位上，咱们也有“崇洋媚外”之嫌。在欧美，土豆是粮食，有“第二面包”之誉，在法国还被称作“地下苹果”。它与稻谷、小麦、玉米、高粱一起并称为五大农作物。但来到中国后，就很少被当作粮食，而是做菜用。从粮到菜，身价倍增。

但后来，这种农作物在咱们中国的土地上，已经完全“土”化了，它甚至还土到名叫地蛋，可谓一土到底。在越来越土的过程中，它跟中国最底层的农民、市民打成一片，成为大众厨房里最常见的蔬菜之一。土豆，是蔬菜界“土”吃“洋”最成功的典型例子。现在咱们吃土豆，吃的已经完全是它那种“土”味，不管爽脆的还是面烂的，都散发着一种最接近土地的气息，其香甜可口劲儿也全在这种“土”味中。没有这种“土”味，也就没有什么吃头了。

而且我怀疑，土豆这种早已遍布全球的农作物，也只有在咱们中国，才最终确立了自己的价值观。再土的东西，都是有自己的追求的。20 世纪 60 年代，一位苏联领导人在演说中说：“福利共产主义”就是“一盘土豆烧牛肉的好菜”。可你再看看咱们中国现在的土豆菜谱：香辣排骨焖土豆、葡萄干土豆泥、番茄奶油土豆团、香煎土豆肉卷、马铃薯笋焖鸡、甘笋素虾球、金线吊葫芦、蚬肉马铃薯排骨汤、蟹黄芋丝、迷迭香烤土豆、拔丝什锦山药、土豆沙拉炸鸡柳、土豆罐焖鸡……看得人眼花缭乱。被誉为苏式共产主义好菜的土豆烧牛肉，在咱们中国这些光怪陆离的土豆菜前，岂不羞煞。

土豆进国门也晚，许多伟大的先贤诗人没有见过它们，因此很少有吟咏土豆的诗流传。仿古体诗词，我只记得咱们的伟大领袖曾写过一首，而且是写给那位苏联领导人的。大约是土豆太土了吧，连带的那词也是领袖众多作品中最“土”的一首。录几句如下：

还有吃的，
土豆烧熟了，
再加牛肉。
不须放屁，
试看天地翻覆。

（毛泽东《念奴娇 · 鸟儿问答》）

这是很好玩的口语诗，有种天然的幽默感。土豆若有耳朵，听了这几句，大概也会相顾莞尔吧。

槐　花

我们那里的小孩子打架，如果被别人打破了头，对方的家人便会来道歉，并送来几个鸡蛋，受伤孩子的母亲便会拿了菜刀，把门前的老槐树连皮加木头砍下火柴盒大的一块，放在锅里与鸡蛋同煮，煮好后让孩子吃鸡蛋，喝汤，据说能使伤口不发炎，且防破伤风。那煮下来的槐树汤淡黄色，稍带点绿意，没什么味道，但也不是难以下咽。

这说明槐木有药用价值。它的籽也可当药的，我们叫槐豆子。槐豆子黑黑的，比豆子大些，像玩具娃娃的眼睛。槐籽据说有明目黑发、补脑益寿的药用价值。《抱朴子》云："此物至补脑，早服之，令人发不白而长生。"

槐花也可入药，但在乡村，通常还是被当作菜蔬看。说起槐花，很多人会想到刺槐花。其实刺槐不是中国土产，它原产北美，二十世纪初才传入中国，算移民，所以又名洋槐。洋槐，在中国的古代诗词和医书中是找不到它的。刺槐开花在春末夏初，但国槐开花要等到盛夏，比刺槐晚得多，而且花期可长达三个月，一直开到秋凉。如"落日长安道，秋槐满地花"（唐·李涛《槐花》），又如"欲到清秋近时节，争开金蕊向关河"（唐·罗邺《槐花》），写的都是槐树秋天开花的情景。

夏秋季节，乱红落尽，世界是一片沉沉的绿，偏在这时，槐花盛开。但它不是喧闹的花，即便是完全开开的花朵，也很小，花瓣常常相互紧贴着，脱不掉鹅黄的底子，像抱着翅膀不愿张扬的小蝶儿。但远看时，却一树树、一片片如粉如玉。

这站在地上的树，难道它心中一直怀抱着高处的白云？

槐花是很香的，人站在树下，立时便被淹没于那堆在空气中的清香里。白居易说："薄暮宅门前，槐花深一尺。"（《秋凉闲卧》）可以想见那香气积得有多厚。有时仰头望着高高的树冠，树影婆娑，香气阵阵，人的心脾肝胆随之也仿佛有微微沉醉的摇晃。

槐花的制法多种多样，如炒槐花、蜜槐花、醋槐花等。但民间吃法大多采用蒸法，即蒸槐花。将采摘好的槐花去除杂质，洗净略晾干，与面拌之，上笼蒸熟，再入盐、味精、香油调之，有一种沁人心脾的甜香感。作为佳肴，槐花却以未开者为最佳，未开，也即槐花的花蕾，呈卵状或椭圆状，因状如米粒，俗称槐米。槐花可做菜，这是众人都知道的，却有很多人不知道，槐叶其实也是菜。杜甫诗"青青高槐叶，采掇付中厨"（《槐叶冷淘》），看来唐朝时吃槐叶的不少。我祖母在世时会做多种槐叶菜，她采槐树的嫩叶，在开水里焯熟后用冷水浸泡，淘洗除涩，再拌以姜、葱等调味品，味道很好。后来母亲也照此法做给我们吃。祖母年轻时遇荒年，吃野草过多伤了胃，晚年很少吃青菜。自己不吃；但看我们吃得高兴，她也是快慰的。

祖母已去世多年，母亲也日渐衰老。有时望着槐树，望着它庞大的树冠和苍苍树干，我会想起祖母瘦小的身影，想起母亲年轻时健康而忙碌的样子。

槐树也可作城里的行道树。唐朝时的长安似乎多槐，从唐人的诗里可以看到："风舞槐花落御沟，终南山色入城秋"（子兰《长安早秋》），"袅袅秋风多，槐花半成实"（白居易《秋日》)，“落叶添薪仰古槐”(元稹《遣悲怀》)，“俯十二兮通衢，绿槐参差兮车马”(王维《登楼歌》)。唐诗人很少写到槐花的吃法，槐在他们的诗中另有寄寓。

现在城里的行道树，还有一种龙爪槐，是槐树的变种，枝干虬曲如龙，但长不高大，也没人去吃，只供观赏。这种树在乡村里看不到。乡里的槐树还是那种古老的槐树，槐花也是跟唐朝宋朝一样的花，连吃法大概也没有太多变化，只是用作佐料的味精那时没有罢了。

南 瓜

女儿正在吃南瓜烧鸡块。南瓜是那种青皮的嫩瓜，有种清甜的味道，和鸡块同烧，饱吸了肉汁，吃起来甘美香糯。她的筷子专挑南瓜，对那些鸡肉，倒不怎么感兴趣。

“好吃！”她边吃边说。而我记得，很多年前我像她这么大时，偶尔能吃上这道菜。只不过我们的筷子，专拣鸡块招呼。

真这么好吃吗？母亲的表情疑疑惑惑的。我猜，在母亲的感觉里，南瓜可能没那么好吃。

我又猜，如果我的祖母在世的话，看到曾孙女吃南瓜的这副馋相，她的疑惑，可能比母亲还要重些。祖母一生吃苦，因为草根树皮吃得太多，胃吃坏了，晚年很少吃蔬菜。老南瓜倒能吃一点，原因是熟透的南瓜“面”性重，淀粉多，已接近于面食，她的胃还可以承受。

恐怕不只我家，在中国，从老人到小孩，随着年龄段的不同，对南瓜的口感会有很大差异。母亲不认为南瓜是美食，那是因为困难年代南瓜吃得太多，味蕾在感觉上对南瓜有了逆反。

南瓜最迟在明初传入中国。元末明初人贾铭的《饮食须知》就有“南瓜味甘性温”的记载。明朝开始，西方国家渐渐崛起，中国却仍然是灾荒不断，即便在后来所谓的康乾盛世，也时时有饿死人的情况出现。事实证明，它是移民中国的菜蔬中的佼佼者，也是中国人度荒年食物中最重要的选择。南瓜不单果实是菜，它的花也是菜。而且，它不但能做菜，还可代粮食，其淀粉含量，远高于一般菜蔬。其他菜，大都是单纯的菜，压不住饿。比如冬瓜，在菜里，论个儿，只有它可以跟南瓜媲美。但冬瓜利尿，吃多了，人就老往洗手间跑，跑得多了，就感觉饿得更快了。

“饿”这个东西，看似简单，却最致命，如果不是南瓜这样具备了多重手段的菜，解决不了问题。困难年月时，人的胃就像个大坑。南瓜，从身体到思想，从现实主义的肉到浪漫主义的花，都随时做好了填坑的准备。

但南瓜不单单满足于供人果腹，它还有更高的追求，现在的南瓜是可以做成让人垂涎欲滴的美食的，只是饥饿时代，往往会抹杀它这种潜能。现在的饭店，从小馆子到星级酒店，几乎没一个没南瓜的。金灿灿的南瓜，青郁郁的南瓜，大的小的圆的长的……在菜市场和厨房里，南瓜，仿佛已迎来了自己的黄金时代。

在酒店的餐桌上，南瓜也依然保持着亦菜亦饭的特色。虽然同是在菜谱上，但南瓜饼、南瓜发糕、南瓜粥这些，一看就是“饭”；而咸蛋黄焗南瓜、南瓜扣肉、南瓜煲鱼脯、炝南瓜丝这些，一看就是“菜”。

现在很多人吃南瓜，还有个原因：南瓜是健康食品。据营养学家的测定，南瓜里胡萝卜素的含量居瓜类之冠，另外还有众多对人体有益的物质。我母亲虽然不会像年轻人那么喜欢吃南瓜，但她仍然在吃。她有糖尿病，医生说常吃些南瓜，对身体有好处。

“吃”这个字，按照字面意思，也就是把东西咀嚼、吞咽下去。但它实际应该有两到三层意思：一是把东西吃下去，二是吃出滋味，三是吃得健康。第一层意思是基础，第二、三层属美食层面，是上层建筑。但如果连基础都不牢，何谈第二、三层呢？陆文夫的小说《美食家》里有个很经典的情节：主人翁朱自治是个美食家，对南瓜的吃法很有研究。但在困难年代，别人看他饿得可怜，就喊上他一起去搞南瓜。路上，他积习难改，大谈南瓜可以做得如何如何好吃，结果是同去的人原准备把南瓜分他一半，在他唠叨再三后改了主意，只分他三分之一。

美食家也是容易迂腐的。肚子填不饱，谈美食，显得滑稽。

但南瓜的确是当得起美食的赞誉的。南瓜品种不同，菜的味道也千变万化。一盘“南瓶（屏）晚钟”（以南瓜配西兰花、带子、露笋、夜香花）刚让人有风花雪月之感，再一盘爽口南瓜丝又让人返璞归真回到乡风田园。南瓜，是既能出将入相又能布衣钗裙的菜。

这些年吃的南瓜菜不少，但有些名菜仍然没吃过。《美食家》里记载过一宗叫“南瓜盅”的菜，是把南瓜掏空了，填入上等八宝饭，上笼蒸。这有点类似新疆和田的烤南瓜，也是把南瓜掏空了，填料，只是填的是杏仁、核桃仁、杏干、葡萄干、红枣、无花果、黑杏干、腰果等，而且是放在烤馕的炉子里烤熟。吃法也不同，南瓜盅只吃八宝饭，弃南瓜；新疆则是南瓜与填料同食。

不知诸位看官吃过没有？两者我都没吃过，据说味道皆奇美。

葫　芦

葫芦籽的仁很好吃，可母亲不让我们吃。那时候，农村里相信吃啥长啥，比如吃鸡爪子会挠破书页，吃鱼籽会数不清数，吃葫芦籽会长龅牙。母亲说，你看铁蛋的牙，就是吃葫芦籽吃的。铁蛋是我割草时的伙伴，兄弟三人都是大板牙。

我是听话的孩子，就不吃葫芦籽。铁蛋吃炒葫芦籽的时候，我就干咽口水。许多年后我读《诗经》，其中的《卫风·硕人》赞扬一个美女说：“齿如瓠犀。螓首蛾眉，巧笑倩兮，美目盼兮。”瓠，葫芦也。齿如瓠犀，就是说这个美女牙齿长得像葫芦籽一样齐整美观。原来，葫芦籽是用来形容美丽的牙齿的。我不由大悔。若早知吃葫芦籽可以长“瓠犀”，我应该偷偷地吃些才是。

母亲不准我们吃葫芦籽，却喜欢做葫芦菜给我们吃。她那时候并不知道葫芦富含维生素 B、C 和纤维素，但知道它是凉性的菜，能清热润肺。她把葫芦摘下来，削皮去瓤，葫芦籽自然也丢掉，然后把葫芦肉切成片或丝，配辣椒清炒。

葫芦肉有清甜味道，炒后滑溜溜的，很好吃。我小时候吃的炒葫芦放的辣椒少，随着年龄增长，辣椒越放越多。炒葫芦丝，多配些辣椒，提味。

葫芦味道与节瓜类似，但比节瓜细致。除清炒，也可煨肉，做汤。

葫芦入诗，仅《诗经》里就有多处。除上述用来比喻美人的牙齿外，还有《豳风》："七月食瓜，八月断壶。"壶，就是葫芦。

《邶风》："匏有苦叶，济有涉深。"匏，也指葫芦。《小雅》："南有木，甘瓠累之。"值得注意的是诗中的"甘""苦"二字，意思是葫芦有甜、苦两种。古人对葫芦的分类似乎比现在细致，《本草纲目》里出现了七种名称：悬瓠、蒲卢、茶酒瓠、药壶卢、约腹壶、长瓠、苦壶卢。古人似乎更愿意把葫芦当菜来看，瓠字从瓜，说明它一直被看作瓜的一种。

现在的城市里不容易吃到葫芦。菜市场很少有卖的，反正我还没有遇见过。在饭店吃饭的时候，我念及葫芦的美味，问服务员：有葫芦菜吗？当然没有。问得多了，被怀疑搞恶作剧。但偶尔也能在菜单上看到带"葫芦"字样的菜，比如某次，我在某饭店看到有一道菜名为"油炸葫芦"，便要了，端上来，却是蘸了玉米粉的油炸鸡大腿，略具葫芦形状而已。又如某次，在另一饭店，朋友请我吃饭，见有"炸鸡葫芦"，我接受上次的教训，说是鸡大腿就不要，服务员说绝对不是。我以为碰上了真葫芦，点之，菜上桌，一看，竟是做成亚葫芦状的油炸糯米糕。类似经历使我深知，点菜，必须耐着性子问个清楚，因为把顾客装进闷葫芦里，正是许多店家的拿手好戏。

葫芦总带有乡村风情。架上葫芦墙根瓜，看着头顶从累累叶片间垂下的葫芦，人是愉快的，一只只葫芦，仿佛从天庭吊下来的礼物。此景在城市里不容易看到，在城市，从天上吊下来的一般是电线、霓虹灯，或广告牌之类。我原来住在一个较老的小区，一楼的祝师傅是个退休工人，大约因早年来自农村吧，他偏爱葫芦。他把阳台的矮墙捅开，做成一道门，门前用角铁搭架。我们以为他要种藤花，谁知道他种葫芦。夏天，架子上绿叶葳蕤，数十只葫芦吊着，倒真有点田园风光。祝师傅每日傍晚放八仙桌于架下，独自就两碟小菜饮酒，有时炒了葫芦菜，也会邀邻居品尝。他边喝酒，边夸张地同路人打招呼，一副志得意满状。一次我有个画家朋友来访，为其景所动，在我家的案子上画葫芦图数幅，还送了祝师傅一幅。祝师傅审视良久，结论是画上的葫芦比他架上的差远了。这是多年前的事了，后来小区管理规范化，祝师傅的葫芦架属违章建筑，被拆掉，阳台门也封了。他再喝酒时，只能欣赏墙上画里的假葫芦了。

能吃的葫芦是嫩葫芦。嫩葫芦呈银青色，有细微的软毛。等到它渐渐变成金色，就老了，不能吃了。老透的葫芦，根据其形状，可以盛酒、盛药，剖开了还可以做舀水的瓢。

老透的葫芦，葫芦籽仁儿才长得丰满，可以吃，炒熟后味道更香。这种香气很特别，不同于西瓜子或南瓜子的香，姑称之为葫芦香吧。

“贝堂伏卵抱沂鄂，瓠肉削泽无瘢瘥”（清·胡天游《蜀冈瓦暖砚歌》），葫芦肉无论是色泽还是味道，都同样让人难忘。

丝　瓜

丝瓜药性大，在菜蔬中属佼佼者。甚至，它的全身都可作药用。《陆川本草》说它“生津止渴，解暑除烦”；《采药书》说它“治妇人白带，血淋膨胀积聚，一切筋骨疼痛”。现代医学研究认为，它所含的皂苷类物质、丝瓜苦味质、木糖胶、瓜氨酸、木聚糖和干扰素等物质，对人的健康有一定促进作用。

药性大，就适合做药膳。药膳中的丝瓜，有点像打工仔。这种在乡村的树股、柴垛、墙头上撒欢儿的植物，入口之后，就像民工进城，投入到了我们身体的大建设中。它总是会随时拿出全部的好力气，到最需要它的地方去。

比如你心中烦闷，那就烧点丝瓜汤喝。丝瓜性凉，能解暑，能祛口渴咽干。

比如你患热痢，或是黄疸多，那就炒点丝瓜吃。丝瓜清淡可口，能清热利湿。

“入秋丝瓜女人菜”，丝瓜还是不错的妇科药。比如奶水少，可取丝瓜与鲤鱼同煮食；比如月经疼痛时，可用干丝瓜煎服。若加点醋同煮，用红糖水送服，还可作为乳腺炎的辅助治疗。没有病治也不要紧，丝瓜也不妨多吃点，它还是美容佳品。

不但果实，丝瓜花也有药用价值，用鲜开水浸泡当茶饮，能清毒止渴；与槐花同煎，可治痔疮出血。

丝瓜还可化痰止咳。某年在老家，女儿患百日咳，又不愿喝止咳糖浆之类，嫌有怪味。母亲就在架上的嫩丝瓜下端切个口，把一只小碗放在下面。一夜过去，接到小半碗丝瓜水，调了点蜂蜜，女儿爱喝，疗效似比止咳糖浆不差。

大约因为药用价值高吧，李时珍《本草纲目》中对丝瓜有详尽描述，择录如下：

> 唐宋以前无闻，今南北皆有之，以为常蔬……其瓜大寸许，长一二尺，甚则三四尺。深绿色，有皱点，瓜头如鳖首。嫩时去皮，可烹可曝，点茶充蔬。老则大如杵，筋络缠纽如织成，经霜乃枯……其花苞及嫩叶、卷须，皆可食也。

许多书上都说丝瓜是明朝时从南洋传入的，其实宋人的诗中，丝瓜已出现，比如杜北山《咏丝瓜》：

> 寂寥篱户入泉声，
> 不见山容亦自清。
> 数日雨晴秋草长，
> 丝瓜沿上瓦墙生。

再如赵梅隐《咏丝瓜》：

黄花褪束绿身长，
白结丝包困晓霜。
虚瘦得来成一捻，
刚偎人面染脂香。

外国诗中，丝瓜也时常出现，我读过的里面，最感人的，是日本明治时代著名俳人正冈子规的三首题为《丝瓜》的绝唱：

前日丝瓜正鲜嫩，忘取清液疗病身。

浓痰壅塞命如丝，正值丝瓜初开时。

喉头痰一斗，瓜汁难解忧。

子规患的是肺结核，20世纪初，这是绝症。他1902年去世时，年仅三十六岁。鲜嫩的丝瓜花正开，而自己的生命却要结束了，个中凄凉和幽怨泣诉，今天读来，让人仍悲情无法自抑。

丝瓜是菜，是药，但并不能为人们抵挡一切。老了的丝瓜，肚子里是繁密的丝络。到最后，丝瓜，心乱如麻。

老了的丝瓜虽不能再当菜吃，仍是有用的。把它炒透，磨成粉末，是不错的止血药。不作药用，它的丝络还可用来刷锅，擦洗器皿。

青青的丝瓜在庭院里悬垂，干透的丝瓜在寒风中摇摆。这在全国各地几乎都可种植的瓜，对于深藏民间的苦楚、疾病，甚至生命的滋味，没有谁比它知道得更具体。

莴　苣

清代袁枚在《随园食单》列有食莴苣法二种：“新酱者松脆可爱；或腌之为脯。切片食甚鲜。然必以淡为贵，咸则味恶矣。”当初的随园是风雅之地，莴苣自有许多精致的吃法。现在的人是否还懂得它从前的吃法，已不得而知。

有一段时间，我租住在南师大附近，偶尔去汉口路上一家菜市场买菜。买到了莴苣，吃法却简单得不值一提，不过是斩头去尾，砍皮削筋，一番痛下辣手，手中的莴苣已有三分之二进了垃圾桶。剩下的，蘸酱吃，或用盐、醋凉拌了吃。后来，我嫌做饭麻烦，干脆去吃食堂。食堂里偶有莴苣，奇怪的是少生食，多炒来吃。食堂的菜是大锅菜，这是袁枚当初所深恶痛绝的。嘴里吃着软不丁当的炒莴苣，我偶尔会想起，这座食堂，正处于当初随园中的某个位置。

随园早已不复存在了，它当初所在的地盘上，已是大学数座，街道楼房菜市场若干。快节奏的生活里，人的饮食更像是急就章。

但莴苣在历史上，却是享受过随园般的荣宠的。

同许多蔬菜一样，莴苣也是外来菜；与许多菜不同的是，它还有个富贵的名字：千金菜。北宋陶谷《清异录》：“莴国使者来汉，隋人求得菜种，酬之甚厚，故名千金菜，今莴苣也。”莴国，有人解为倭国，即现在的日本。原来，莴苣是从日本引入的，而且买入时还被人敲了竹杠。看来当年的日本人，做起生意来就已十分精明。

我说“隋人”被人家敲了竹杠，是有道理的，因为中国人种莴苣并非自隋朝始。晋人葛洪的《肘后备急方》就称它为莴苣菜了，可见早在魏、晋之时，它已入菜谱。自家有的东西不自知，还要花了高价去买，这个“隋人”是冤大头。

但莴苣也并非倭国土产，它应该来自更远的地方。在数千年前的古埃及浮雕中，已有莴苣的身影，当时是祭品，献给主管生殖和性欲的神“明”的。“明”是一个很男性化的神，当时古埃及有一种成人礼，就是把莴苣当祭品，祭祀完明神后再吃掉，作为已经成年的标志。这种古埃及浮雕上的莴苣，据专家考证，是现代莴苣的祖先。

莴苣作为祭品，大约与它的茎很像男根有关。生殖崇拜是人类最古老的崇拜，这种崇拜，即便在现代社会仍没有消失。我家乡的习俗，有不孕的年轻媳妇，会由年老的妇人（一般是媳妇的婆婆）于黄昏里领着到莴苣田边祈祷，许愿，求莴苣神送子。其中道理，与古埃及的生殖崇拜应该是一样的。

崇拜仅仅是精神的，可能与物质本身的特性无关。莴苣被寄予了人类雄性的梦幻，而现代医学研究却认为，莴苣中含有的莴苣素，不但不能壮阳，而且有镇痛催眠、平抑性欲的作用。这与古人的想象背道而驰。秋末种下的莴苣，在次年春天雨水足时，会有个疯长期，从一筷子长很快地长到七八十厘米高，肥大的叶子蓬蓬勃勃。但就像树大招风一样，长得高大的莴苣，有时一场大风就能把它吹断。莴苣就是莴苣，它是鲜嫩的菜，也许它一直在拒绝走进人类的精神殿堂。

莴苣性凉，中医认为它具有开通疏利、消积下气、利尿通乳、增进食欲、宽肠通便的作用。《食疗本草》：“白苣，主补筋力。利五脏，开胸膈，拥塞气，通经脉，养筋骨，令人齿白净，聪明，少睡。可常常食之。有小冷气人食之，虽亦觉腹冷，终不损人。又，产后不可食之，令人寒中，少腹痛。”

莴苣的清寒，也被带进了诗里。杜甫咏莴苣的诗句：“脆添生菜美，阴益食单凉。”满是凉意。陆游的《新蔬》诗也写得好：“黄瓜翠苣最相宜，上市登盘四月时。”四月的莴苣是春莴苣。翠苣的翠，不但悦目，也给人以脆生生的感觉，既是口福，也含着精神愉悦。我削罢了莴苣，喜欢欣赏一番那水泠泠漾着细腻光泽的多棱体，觉得那不但是菜，也是静静碧透了的一泓春水。春水莹莹，又似有盈盈的情义在波心里沉凝，使人心生喜悦。三四月间常会青黄不接，莴苣恰于此时上市，仿佛带着天佑人间的美意。

说了半天，都是有茎的莴苣。还有一种叶用的莴苣，人们专吃它肥嫩的叶片，通常谓之生菜，徐州和南京人谓之油麦菜。我初听人称呼油麦菜时说，不就是莴苣叶嘛。被人讥为不通，遂噤声。后来查知了它的底细，再这么说时，轮到众人噤声。可见对寻常所见的莴苣，普通食客仍然所知甚少。

茎用的莴苣也分许多种，朱熹《格物论》中即有白苣、紫苣、芒苣、编苣的记载。茎用莴苣，尚有莴笋、香笋的别名。

大约以其雄壮吧，个别地方也有称之为石笋者。

莴苣的吃法，李时珍在《本草纲目》中建议说："俱不可煮烹，皆宜生挼去汁，盐、醋拌食。"说得好。生吃，吃的是新鲜；新鲜，也正是菜蔬最动人的性情。

杜甫喜食莴苣，并且还亲自种过。他的《种莴苣》有"堂下可以畦，呼童对经始"的句子。这样的大呼小叫是士大夫的种法。可惜莴苣种下后二十多天不出苗，野苋菜倒长了不少，引得他大大地发了一番感慨。

杜甫《种莴苣》诗中还有"登于白玉盘，藉以如霞绮"的句子。清透的莴苣何以会突然有锦绣灿烂般的感觉，是老夫子莴苣吃得太多，以至眼睛出了毛病吗？

专家告诫：莴苣对视神经有刺激作用，多食使人目糊，故视力弱者不宜多食。但只要停食几日，自然无事。

芹　菜

在菜园里，与白菜萝卜茄子辣椒相比，还是芹菜最有美人相。有个形容美女的成语叫亭亭玉立，换成"亭亭芹立"也很合适。

小时候吃芹菜，最喜的是芹菜炒肉丝。生活困难，肉难得一见，所以，吃这道菜，其志在肉而不在芹菜。但芹菜炒肉丝要待客时才有，宾客之间讲的是彬彬有礼，虽然肉好吃，但大人的筷子首先伸向的还是芹菜，只有小孩子专挑肉吃。芹菜有美人相，可惜小孩子既不懂礼数，也不解风情。

没有肉的时候呢？平常居家过日子，就芹菜炒芹菜。

后来生活好了，芹菜炒肉丝几乎家家都可以放开肚皮吃，它却渐渐从宴席上消失了，代之而起的是西芹炒百合。徐州的酒宴，一开始点菜，很少有人点西芹百合，一般是等到宴席的后半段，上主食之前，主人再加点两个素菜，这时候常有西芹百合炒上来。百合如玉，西芹如翡翠，有时再点缀几粒红玛瑙般的枸杞子，端得好看。几乎吃饱了的客人，骤然“美色当前”，又不免精神一振，夹两段在口里，脆脆嫩嫩，汁液从齿颊间流过，恹恹思睡的胃也像突然醒了过来。

从配荤到返素，生活质量在提高，口味，兜了一圈，又回来了。

但西芹已非传统的芹菜，这是近年来从国外引进的大型芹菜，叶柄宽而肥大，纤维少，品质脆嫩。不但在餐桌上，即便在菜园子里，它也渐渐代替了株形高而细长的传统品种。

有西芹，原来我们吃过的那些就叫本芹了。本芹，随种植地域不同，又分旱芹和水芹。我在北方，从小接触的都是旱芹。水芹生南方，《吕氏春秋》载：“菜之美者，有云梦之芹。”这云梦之芹，就是水芹了。与旱芹的颀长高挑不同，水芹叶柄长，叶片大而翠绿，无主杆，根部硕大，是一团白茎，枝叶从白茎抽长，呈伞状蓬生，叶细碎而枝条纤细。

云梦之芹，多么美妙的名字，当春雨暖了江南，水沟旁，湿地上，绿油油的芹菜一片片鲜活地漫开，它蓬生的枝叶就像一朵朵浮动的绿云，天地间弥漫着芹香，那芬芳的气息，多么像缥缈的美梦。

旱芹生平地，水芹生江湖陂泽之涯。旱芹比水芹粗大，茎也硬朗爽直得多。旱芹秀健，水芹妩媚；旱芹是律诗，水芹是小令；旱芹是碧波荡漾，水芹是春水渐宽。

我到南京后，才吃到水芹，香气浓郁，比旱芹口感更好些。也有称水芹为楚芹者，因其过去多产楚地，其中又以蕲州的最为有名。苏东坡被贬黄州时，到过蕲州，发现彼地芹菜味美，而他老家有道菜“春鸠脍”，其做法是用雪下芹菜的嫩芽，配以斑鸠肉丝炒熟。于是，他就把老家的菜改良成了“蕲芹春鸠脍”，即今“东坡春鸠脍”是也。

斑鸠是美味，宋朝时似乎比现在多得多，抓来炒吃，也不会有野生动物协会的人士来抗议。苏东坡被贬杭州时还发明过“东坡肉”。他在仕途上是个倒霉的人，但奇怪的是，放逐江湖的政治灾难却把他造就成了美食家。

芹菜，也有许多人叫它“富菜”，因“芹”音qín，与“穷”近，所以反其道而行之。对贫穷的恐惧，使人在给菜命名时也风声鹤唳。

其实，“芹”与“勤”音才更近，近到完全相同。一畦畦的芹菜，看上去永远都是安静的。可在广阔的田畴里，到处都走动着勤苦的人。我的乡亲中，许多人名字里带个“芹”字，且以女性为多，是要借重芹菜的美人相，也借重其勤劳意。漂亮与勤劳，在朴素的乡村审美观里是不可分的。

芹菜长到粗大时，茎中会有空隙——芹菜是虚心的菜。李白：“徒有献芹心，终流泣玉啼。”（《赠范金乡》）与杜甫：“献芹则小小，荐藻明区区。”（《槐叶冷淘》）都自谦得不得了。

著名红学家周汝昌先生出了书，也取名《献芹集》。芹菜使人谦虚，而“谦虚使人进步，骄傲使人落后”。李白、杜甫、周汝昌，不是诗坛巨星，就是学界名流，他们的煌煌成就里，或许也有芹菜的一份功劳吧。

芹菜，与处于穷途的文人也似乎特别有缘。苏东坡创名菜“蕲芹春鸠脍”时，大概想不到在数百年后，一位身在南京的文人也爱吃这道菜，并因此自号雪芹、芹圃、芹溪。只是他在生活中比苏东坡还背运，只有文学成就一点也不比苏东坡差，写出了旷世名作《红楼梦》。

雪底芹菜的嫩芽，色泽清雅，娇嫩异常，是难得的美味，又像是人生或文学的隐喻。

蒲　菜

过去不起眼的菜，现在有好多是珍品，比如蒲菜。

小时候，我姑姑有个女同学，她公公在故黄河上摆渡。故黄河水很深，两岸蒲苇茂盛。她到我们家来的时候，有时会带一只甲鱼，或一捆蒲根。现在野甲鱼价格胜猪肉十倍，那时候还没有“野生”一说，可我不喜欢吃，以为与猪肉味道相差远甚。蒲根（其实是茎），母亲剥去其外部绿色的叶鞘，留取内里白色的一段，大约有一尺长短，拇指粗细，就是蒲菜。

蒲菜是好看的，如葱白，如羊脂，如美玉，如象牙，嫩嫩的，含着饱满水汁。母亲做蒲菜，一般是把它切段，清炒，但味道并不见佳，我也不喜欢吃，以为比菜园子里的茄子豆角西红柿还要差些。母亲不是美食家，不懂烹饪之道，且其时世道艰难，蒲菜炒蒲菜，最多丢几粒辣椒调配，难免误了蒲菜的前程。我到许久之后才知道，蒲菜味淡，只是清新而已，非得有味蕾感觉极敏锐的人，才会喜欢蒲菜的清炒和凉拌，那是一种类似“回也不改其乐”的境界。一般情况下，要先焯后焖，配些味道鲜、厚的菜同烹，既保清香又能入味，如淮安的开洋蒲菜、济南的奶汤蒲菜、上海的上汤瑶柱蒲菜，分别以海米、奶、扇贝配蒲菜，走的即是此种配合之道。宋代苏辙《游泰山·岳下》诗：“腥膻及鱼鳖，琐细或蒲菜。”蒲菜是清远隐士，腥膻鱼鳖乃江湖红尘。但高士总要涉足红尘，才好建功立业的。

凡有池塘处，皆有蒲苇的歌声。虽南方多水网，蒲菜在北方却也不少。民初《济南快览》说“其形似茭，其味似笋，遍植湖中，为北方数省植物菜类之珍品”。蒲菜确实有点像茭白，其品质，茭白却无法与之相提并论；与竹笋相比似也有高下之分，淮安人誉其为“天下第一笋”，对其珍视可见一斑。

我去淮安数次，都在夏秋季节，朋友招待，每餐必有蒲菜。淮安人是喜欢吃蒲菜的，清代范以煦的《淮壖小记》云“新蒲入馔酒频携”，吴承恩也在《西游记》中说：“油炒乌英花，菱科甚所夸，蒲根菜并茭儿菜，四般清水实清华。”古淮安城坐落于现在该市的楚州区，过去以天妃宫所产蒲菜最为肥美。南宋时，梁红玉曾协夫镇守淮安，以蒲菜济军粮，得以胜金兵，使淮安蒲菜名扬天下。淮安蒲菜的佳馔，除开洋蒲菜外，还有蒲菜斩肉、鸡粥蒲菜、红玉列兵等。红玉列兵是以红色虾仁配一段段排列整齐的蒲菜，虾仁如将帅，蒲菜如列兵，不但赏心悦目，其味亦鲜美爽口，清香嫩滑，文化与佳肴同食，端的是沁人心脾。

“其嫩若何，淮笋及蒲。”沿淮河上溯，河南淮阳的酱蒲菜也很好吃。将剥好的蒲菜腌在甜面酱内，冬春时节食之，脆甜之外添有浓郁的酱香，别具风味。

淮安距我的家乡徐州三百里，过去都属古徐国，在饮食上，却分属鲁菜和淮扬菜系。鲁菜中，奶汤蒲菜和锅塌蒲菜都很有名。山东人也许应该感谢蒲菜的，孔老夫子周游列国至陈时差点饿死，肚饥难当中以蒲菜为食，熬了过去。信奉“割不正不食”的圣人，吃蒲菜不知是怎样个吃法。但吃蒲菜显然与礼不悖，他编订的《诗经》中有“其蔌维何？维笋及蒲”的诗句，他赞赏的《周礼》中有“蒲菹”的记载。这也说明早在孔子之前，吃蒲菜已很流行。

济南的大明湖过去盛产蒲菜，现在不知是否还有。

蒲菜之名全国通用，它还有别名深蒲、蒲白、蒲笋、蒲荔久、蒲芽、蒲儿根、蒲儿菜等，都离不开个“蒲”字，只有南京人叫它蒿儿菜。南京饭馆的菜单上，肉丝炒蒿儿菜、蒿儿菜鸭蛋汤，都是蒲菜。但因这些菜名与含有蒲菜名的食条混列，有时难免让人误会。

蒿儿菜之名，只有业内人士和老南京还这么叫，年轻人已改叫蒲菜，但也是知其名者多，吃其菜者少。南京江河湖汊密布，是适宜蒲菜生长的，不知为什么，菜市场里蒲菜却很少见。

江苏除淮安、南京外，高邮的蒲菜也很有名，汪曾祺的文章里曾经提过。明代高邮散曲作家王磐还写过一首蒲菜歌：“蒲

儿根，生水曲，年年砍蒲千万束，水乡人家衣食足。今年水深淹绝蒲，食尽蒲根生意无。”（《野菜谱》）

蒲菜生浅水中，随时准备上岸救济贫苦，可在一些特别的年份，它们连自己的性命也无法保全。

“一箸脆思蒲菜嫩，满盘鲜忆鲤鱼香。”（明·顾达《病中乡思》）蒲菜是乡野菜，带着浓浓的乡恋，或许还带着点淡淡的乡愁。《随息居饮食谱》载，蒲菜能“清热，养血，消痈，利咽喉，通二便”。现代医学认为它有清热凉血、利水消肿的功效，能治孕妇劳热、胎动下血、消渴、口疮、热痢、淋病、白带、水肿、瘰病。可见，即便没有什么乡愁，多吃些蒲菜，对身体也是有好处的。

榆钱儿

我小时候是吃惯了榆钱儿的。吃法，不外乎生吃，蒸吃。不料今年春天去北京，误撞入一家菜馆，竟瞥见菜单上开列着一长串的榆钱菜，有榆钱炒肉片、榆钱炒鸡蛋、鸡蛋琉璃榆钱、榆钱面托、焦炸榆钱丸子、拔丝榆金珠、糖醋熘榆金珠、榆钱烩豆腐，点心有金星榆钱糕、切边三鲜榆钱饼，汤有榆钱蛋汤、榆钱豆腐汤……从凉菜、炒菜，到主食、汤品，一应俱全。

于是点菜的时候，要了一道榆钱炒肉片。菜端上来，肉薄如纸，配着一片片鲜绿的榆钱儿，给人以“歌吹当春曲”之感。入口清新鲜香，齿颊如沐春风，心中顿生风情。其他的，没点，就在菜单上影印的图片里欣赏。

菜单上的图片煞是好看。看着看着，胸中雅兴丝丝缕缕缠绕，诗情画意竟似无边际地荡漾开去。

榆钱炒鸡蛋，黄金白银翡翠绿，却又散散的，清贵不俗。正是：

> 杯盘饧粥春风冷，池馆榆钱夜雨新。（宋·欧阳修《和较艺书事》）

焦炸榆钱丸子，色如红金，榆钱儿裹在丸腹内，想必还是鲜绿的吧。正是：

> 长恨春归无觅处，不知转入此中来。（唐·白居易《大林寺桃花》）

榆钱豆腐汤，一片片云绿，加上如软玉的白，浮在半透明的汤汁中，春深似海。正是：

> 春风又绿江南岸，明月何时照我还？（宋·王安石《泊船瓜洲》）

这是看图的感觉，因为没吃到口，才引起了许多遐想。不过，榆钱儿本是土菜，有了如此多雅致的吃法，倒真的没有想到。

榆钱儿虽土，却不但入得这样的大饭店，甚至入得朝堂。

清代张潮编纂的《昭代丛书》收录了查慎行的《人海记》，里面写道："三月初旬，榆荚方生，时官厨采供御膳。"

官厨采榆钱儿，等于皇帝深入民间尝鲜。能不能尝得到民间疾苦？难说。皇帝或许品出了榆钱儿的清新，却未必知道，这一串串的榆钱儿对老百姓意味着什么。

榆钱儿，又名榆荚，是榆树的种子。《本草纲目》载："榆未生叶时，枝条间先生榆荚，形状似钱而小，色白成串，俗呼榆钱。"榆钱儿一般结在春光明媚的三月。三月，也常是农家青黄不接的日子。榆钱儿虽是菜，非常时期，却也是百姓的救命粮。"吃糠咽菜"的菜里，必有榆钱儿一个份额。

不但百姓，榆钱儿在落魄的文人眼里也另有意味。如岑参《戏问花门酒家翁》里的"道傍榆荚巧似钱，摘来沽酒君肯否"，再如元曲里的"又不颠，又不仙，拾得榆钱当酒钱"，似乎轻松，带着戏谑，实则透着无奈。

不管如何困顿，榆钱儿仍能给人间带来欢乐，不但它的滋味，仅仅采摘时的场景，就像一种娱乐。桃花开时，初生的榆钱儿也晶莹剔透了，一串串悬垂着，高大的榆树下热闹起来，有人用钩镰钩，有人在树下拾。有人背着筐直接爬上树去，将一串串榆钱儿捋进筐里。或者一边捋，一边把榆钱儿大把地揉进嘴里。

这时候，远方突然飘来了歌声：

南坡榆钱粗又高，树下妹子高挑腰。瓜子脸蛋细眉毛，害得哥哥睡不好。

一阵骚动之后，这边也有了回声：

高挑腰的有竿子，瓜子脸蛋有筐子。细长眉毛是镰子，要配你愣头愣脑傻小子。

野野的歌声里的味道，正配得上榆钱儿的清甜，也配得上野野的青春、灼灼的桃花、乡村老屋门上鲜红的春联，以及在田野上呼呼刮过的春风。

但现在，即便是在乡村，榆钱儿也已少见。榆树长得慢，人们不再种它，我这些年回过老家几趟，看见遍地都是意杨。

榆树少，不但不容易再吃到榆钱儿，那采榆钱儿和对歌的欢乐也都渐渐远去了。

芫荽与荠菜

我小时候分不清芫荽与荠菜，一次去集市买芫荽，问摊主：这芫荽多少钱一斤？得知价甚低，遂大喜，买一大篮回家，父母皆笑，说我被人骗了，这是荠菜。

但我也就此知道荠菜是美味——当日家中打荠菜糊，我吞了两大碗。

芫荽与荠菜有相似处，皆为羽状叶。但若留心，还是容易辨别的，芫荽有细长的茎，叶细碎像孔雀尾，肥者长可过尺；荠菜叶则要宽得多，但少有长过三寸的。分不清它们，一来因我太小（不到十岁），二来因它们是菜——我那时只对野草较熟悉。

芫荽之名，有《诗经》般的古奥；细而高挑，像化妆后风姿绰约的美人；少野生，多畦养，又显得有贵族气。我过去每在城里见到芫荽，总觉得它似乎本就应是城市居民。与之相比，荠菜像村姑，一棵一棵贴地而生，朴实。荠菜要到开花时才好看，叶中探出细枝来，挑一蓬碎白的花，有雪意，无妩媚气。“城中桃李愁风雨，春在溪头荠菜花”，写尽了荠菜的健康气质。

但到近年来，我对芫荽的看法有些改变。餐桌上常见一种菜，叫“调五毒”，葱、姜、蒜、辣椒，还有一样就是芫荽。芫荽也叫“毒”？我为之鸣不平。有人告诉我，芫荽性热，食之发暖，冬天，配牛羊肉食，是果腹御寒佳品。这样说，芫荽还有刚烈的一面，是烈女子，或巾帼丈夫了。这使我想起，它还有一个名字：香菜。取一把芫荽嗅一嗅，浓香逼人。我原来理解为脂粉气，现在终于明白：那是性格里的香，是一种浓烈性情的喷薄。因此，再食芫荽，特别是有酒相佐时，就想听豫剧或梆子，京剧也可，最好是《穆桂英》，锵锵的锣鼓声里，热辣浑朴气扑面。

荠菜则是清淡的，即便开花，也几乎没有香气。我曾见过大片的荠菜花开，那是在一个河坡上，像遍地的碎银。即便如此，风中的香气也似有似无。荠菜的香体现在被吃的时候，它能唤起味蕾的另一种感受，那种香，毋宁说是清新。早春里第一次吃荠菜，就当尝的是一口清新吧。

芫荽是作料，配醒浓肥厚，宜大嚼，生快意。荠菜宜细品。

芫荽是进行曲。荠菜是轻音乐。

芫荽生于四季，至冬天方显性情。荠菜美于春天，开花后就老了——它是将青春给我们。

荠菜也挺坚强。冬末时，田畴已可见小棵的，发灰，或有点蔫黄。挖来，洗净，在开水中焯一焯，鲜绿，像提前醒来的春色。

芫荽和荠菜，很少出现在同一道菜中。不同类型的美，不宜混淆。若硬掺和，像奢侈和浪费。

芫荽刚陪我们度过寒冷的冬天，带着盈盈的绿，荠菜已出现在我们面前。

罐　头

1

肚子叽里咕噜乱响。饿。但一个真正有饥饿经验的人知道：饿才刚刚开始。

饿的开始阶段是激烈的，肠胃的蠕动，响亮的鸣音，人急于想吃到一点东西的强烈欲望。但这一切都会由强到弱，肠胃彻底疲惫下来，随后是麻醉感弥漫在空荡荡的身体里。这时候，被荆棘划破的手指疼痛消失，疲惫的皮肤仿佛已没有力气表达任何感知。

饥饿，使人对吃变得虔诚，小心翼翼，即便面对美食，也不敢有丝毫张狂。

2

干瘦的三猴（弟兄三人全部叫猴子，他排行居三）递给我一个空铁罐，说这是罐头。我接过来，朝罐里凝视，才发觉它非真空，罐底边角附有稀薄的微红。用手指细刮，微红在指甲上堆积，直至呈暗红的一小块，我小心地放它在舌头上，口腔里立即唾液汹涌。美味如闪电，使身体里的许多东西突然苏醒，而不知所措的舌头要做出吞咽的动作竟是那么艰难。我复凝视罐外的标签，看见了“午餐肉”三字。

罐头，多么美妙的名字！带着遥远而神秘的城市气息，一下子就撞开了乡村少年的心扉。难以言喻的，只需一点即可在人体内掀起波涛的美味，令人深深浸入其中。还有这闪耀的铁皮，银亮，炫目，被砍开顶盖之后留下的锋利刃茬，美轮美奂的标签纸……

3

大队部厨房的小窗口外，有一蓬硕大的苍耳，我和三猴藏身其中。初夏的苍耳有轻弥的暗香，细碎的叶子清凉，贴在身上久了即有暖意，如衣。黄昏渐合，身后的土路上骡马归槽，大地失去振动，渐渐安静，半里外的村庄在黑暗中隐没，使我们面前——这建在野地里的大队部，变得醒目，暗含灯火和香气。开有一个小小窗口的厨房（窗台很高，需要两个孩子叠起罗汉方能够到。我相信，这也是我能得享美食的理由之一），在我眼里是神秘的，厨房内的响动，是三猴的母亲（白面的得胜婶，村中第一美妇，有人说她在新中国成立前是地主小姐）在做饭。我们在苍耳中出奇地安静，不敢稍动，耳朵却捕捉着厨房内的每一丝响动，菜刀的窸窣，折断柴禾的脆响，菜在油锅中噼里啪啦的声音……一大堆声音的组合，构成了我当初对美味的深刻理解。这使我在以后的很长一段时间，拿到罐头时，总要用耳朵听一听，仿佛里面有美味的声音在倾轧。酱牛肉，无数暗红色的细小美味在其中倾轧；清水马蹄，多少清脆的马蹄声在里面奔腾，却跑不出这透明的玻璃瓶。

厨房内声音渐渐停息的时候，我们从苍耳内钻出，叠起罗汉，三猴两脚踩在我的肩膀上，我把他顶起来。他趴在小窗口上，小声喊娘。大约两三分钟后，他说好了，我蹲下，放他下来，他手上就有了一个罐头，不完整的，一般剩下少半个。我们抱着这个罐头，跑到庄稼地里共食。

4

黑暗中的进食，像一种仪式，缓慢，庄严（有时是在清亮的月光下，罐头的边棱呈现出美妙的弧形，迷人的细痕闪耀）。我们以动作的缓慢将享受的时间尽量延长（而且我们认为，太快太草率的动作，是对美味的亵渎），每一块美食都在仔细的咀嚼中经历了滚滚唾液的无数次冲刷，然后像河流，汩然灌入身体无边的缺口……

“没有了。”我说。

“没有了？”三猴将罐头抱起，手指在里面仔细地刮动。

“没有了！”他绝望地说。

那气氛的确有些令人绝望，空空的罐头盒显得愈发沉重，我们体内波涛翻滚，辽阔无际，宏大的场面仿佛刚刚拉开序幕，一切却突然停顿了下来。安静的田野，和我们体内形成了强烈反差。几只蟋蟀在草丛里叫着，一只青蛙也偶尔咕哝两声，三猴捡起一块土坷垃，愤怒地朝它们扔过去……

5

罐头盒理所当然归三猴保管。他后来给了我几个，我用它们盛螺丝、铁钉、铅笔头、图钉、扣子、玻璃弹、杏核、皮筋、卸掉的自行车链扣、从矸石山上捡来的铁条……它们变成了我的百宝箱。唯一的遗憾是，那被开启的顶盖无法再回到密闭状态（在我的设想中，所有藏宝的箱子都应当是密封的）。它不再是罐头盒，它已有了另外的意味，变成了另外一个概念。这使我有些遗憾，但和其他伙伴比较时，又骄傲且满足。

我和三猴都明白，我们的行动是秘密的，我们应该使它处于一种绝密的状态。小厨房的隔壁，住着革委会主任，那是公社下派的干部，一个黑脸的胖子，脸上从不见笑容，因为脸上有几颗麻子，我们通常叫他麻主任。所以，每次行动，我们都要特别小心。

自然，那些罐头盒我们也是绝不向外展示的，在这一点上，我们竟做到了空前的默契。三猴，他已收藏了多少罐头盒呀！我替他记着数，想象着那么一大堆盒子，整齐地摆在他的床下，或者别的什么隐秘的地方，令人羡慕，令人心潮难平。但是，我最挂心的还是罐头。罐头，它在未打开之前是个什么样子？它的完美？它的沉重？还有，得胜婶又是如何用刀子把它启开的呢?

因为罐头的缘故，在我眼里，得胜婶似乎也与以往不同起来，与我熟悉的那个洗衣、抱柴，在自家厨房内煮红薯稀饭的妇人有了区别，她变得陌生，特别是她走进大队部那个小厨房的时候。更令我吃惊的是另一次，清晨，我喊三猴一同去斗杏核的时候，在他家灶前的小凳子上，得胜婶突然拿出一支纸烟，划一根火柴点着，抽起来。那是我第一次看见得胜婶抽烟。白皙的手指，她口中喷出的细软缥缈的烟雾，在农村里尚罕见的雪白的纸烟，以一种奇异的、与土旱烟完全不同的香气，将我脑袋里的灵魂一缕一缕抽走，也仿佛将得胜婶从我面前越拉越远，拉到某个遥远的电影镜头当中去。这因一支纸烟而脱胎换骨的美妇，她的姿势，长久地锲刻在我头脑中，优雅、慵懒，附和着魔力，将我的思维引领向某种神秘而不可知的疆域。

6

大地茂盛，万物疯长，这是漫长的暑假，从远处看，大队部只剩下一条灰色的屋脊，小厨房则根本看不到。通向大队部的路似乎变窄了许多，被路两边茂盛的玉米和柳树围圈起来，幽暗，潮湿，像个狭长的洞。苍耳的叶子已老，贴在流汗的皮肤上，沙而粗糙。苍耳子也已变硬，有时会挂住了衣服和头发。黄昏降临之前，太阳在墙上扫下铜亮的光影，厨房的小窗口前，蚊子旋舞，渐渐搅成一团。

这一次，我来得有些早，三猴尚未到，大队部过早地陷入寂静。我蹲在苍耳棵内，空气有些闷，我先是出了一阵汗，然后平静了下来，周围除了虫鸣、庄稼叶子的唰啦声，一切都静了下来，厨房内也很安静，没有一点声息。正是在这种安静中，我听到厨房隔壁麻主任的屋子里，持续不断地有奇怪的声音传来。麻主任是让人畏惧的，那屋子我从来没有朝里窥望过，因此它在我的猜想中也特别神秘。那声音一直在响，我想窥探下那屋子的欲望也越来越强烈。我决定冒一次险，就悄悄挪动身子，尽量不发出声音，到了那窗下，慢慢直起身子，扒住窗台，透过玻璃往里探看。

五秒钟，或者十秒、二十秒，当我的眼睛逐渐适应了屋内的光线，我看见了墙壁，墙上的招贴画，脸盆，衣架，一张床。蚊帐有些夸张地晃动，里面是两个半裸的人……我从未目睹过这种情景，先是魇住了，接着身子一软，蹲了下来。

我悄悄溜回到厨房的窗子下，虽然只有几步远，却费了很大劲儿，因为我的腿也是软的。

三猴是后来赶到的。我无法完整地向他叙述，但他听懂了我的意思。我们已镇定下来，一人手拿一块砖头，朝前面的房门摸去。但经过厨房，我们看到的是一个平静的场面，得胜婶在切菜，麻主任正从他房内走出，他走过来，甚至用手摸了摸我们的脑袋，几颗丑陋的麻子看上去竟像有了一点温情。这使我有些恍惚，仿佛刚才所见是一个不真实的幻觉。

我们破天荒得到了一个完整的罐头，以及得胜婶一遍又一遍地叮嘱：今后不许再来。

7

黄昏又一次降临大地。蝙蝠，归宿的麻雀、乌鸦，大片掠过灰暗的天空，如同从高处倾倒下来的沙石。一只癞蛤蟆无声地爬过潮湿的路面。我们没有吃那个罐头，后来，我也没有问三猴是否吃掉了。我朝家里走去，还无法完全卸下内心的惊恐。那时候我觉得，惊恐，也是一种食品，不停地在心里翻腾，帮我暂时驱除掉了饥饿。

消失之物

不知在什么时候，瓦已从大地上消失了。现在的徐州乡下，到处都是平房，还有许多两层三层的小楼，全用水泥漫顶（方便晒粮食）。父亲说，现在盖房子已没有人用瓦，连砖瓦厂都只烧砖不再烧瓦了。

想起小时候见过的瓦。瓦分大瓦和小瓦，小瓦看上去造型简单，是一种弧形的灰色陶片，约三十厘米长宽，苫顶时交错成行放置，形成瓦垄，讲究的人家在檐水处还要放上锲着花纹的瓦当。屋子盖得久了，瓦片由灰转青，瓦垄里还会生出一茎两茎的长草来，配上高墙、门楼，那是殷实人家的象征。一般人家苫大瓦：一种有许多突起和凹槽的瓦，相互扣在一起，屋面的坡度也稍缓一些，看上去比小瓦显得平易而活泼。

但它们竟消失了。想一想，又岂止是瓦呢，还有许多东西也只能在记忆里追寻了。

比如坯，泥里掺上麦穰做成的长方体泥块，晒干后砌墙用的。

比如铁叉，一种挑墙的工具，随着土墙屋的消失而消失了。

比如石臼，那是舂粮食的工具。村里的石臼一直放在三婶的门前，每天都会有三三两两的妇女在那里舂麦粒或玉米，因此，那里也是村庄新闻的发布地。据说下雷雨时，石臼里的水可以洗掉人身上的刺瘊子。我没有试过，不知真假，但却没机会试一试了。

比如独牛，又叫独轮车。这么多年，似乎只在城里的淮海战役纪念馆里还有一辆。战争年代，那可是支前的大众工具。

岂止是木头做的“牛”，耕牛也已少见。现在耕地，已全用机器。没有耕牛，铁犁也就用不着了，听说村里的最后一架铁犁也已在数年前被当作废品卖掉。还有石槽、石磨房、牛屋。那弥漫着草料香气和牲口腥臊味的牛屋在冬天里是多么温暖呀！

斗笠、蓑衣和油纸伞，这是仿佛一消失就飘回古代去的事物，现在只在古装戏里才得一见。

纺车和织布机，两者中织布机似乎消失得更早，但纺车我是会用的，小时候纺过不少棉穗子，所以后来读吴伯箫的《记一辆纺车》就感觉特别熟悉而亲切。现在的孩子再读这样的课文，怕已有很深的隔膜了吧。

每一事物的消失，都会连带一种活动的消失或改变。比如铲子，那是小孩子割草的工具。割草的间隙，还有一种游戏是斗铲子，我印象尤深，即两把铲子的刃相对着砍在一起，刃上凹痕浅者为胜。那可真是让人心疼并快乐着的游戏啊！

还有碌碡，它连带的是打麦场上的热闹。黄金铺地，人喊马嘶，碌碡吱吱嘎嘎地转动，挑穰子，扬场，金色的麦粒在空中如雨跃动，麦糠飘飞，人人脸上带着笑容，构成繁忙而充满了喜悦的丰收场景。

一些事物的消失，联系着另一些事物的新生，形成社会的进步。进步，总是让人欣慰的。机械化早已实现，荧光管的光芒把煤油灯赶下了烛台，守着电视和因特网的人，再也不会到村头的老槐树下听说书先生讲古，蜿蜒的土路再抒情，在刻纹机吼叫着的水泥路旁边，总不免露出些羞怯来。

但事物的消失有时也连带着许多美德的消失。那口水井的旁边，过去有老王祖母的茶水铺，木桌上，几只铜炊，几只海碗，用纱布盖着，过路人喝一碗水，她是不要钱的。后来她儿子经营，粗茶汁也要两角钱一碗。前两年改成茶社，这是故乡的第一座茶社，是可以打牌下棋的场所，但一杯水已涨到十元。因此回想起已过世的老王祖母和她早已消失的铜炊，不免让人心里有些许惆怅。

况且，那口井也消失了——它被用土填掉，而新茶社就建在老井的上方。

吆　喝

吆喝声也是可以入诗的。“卖花声里梦江南”，这是清人舒瞻一首题画诗中的句子。卖花声像一个悠长的梦，如此入心的吆喝现已难觅。陆游写得更妙些：“小楼一夜听春雨，深巷明朝卖杏花。”原来尚未到来的一声饱含诗情的叫卖，也竟能让人牵肠挂肚，一夜难眠。

在我很小的时候，乡村里游走着挑担的货郎。先是拨浪鼓的声音，接着是或长或短的吆喝：“大针洋线桃木梳——”这是针对村妇的；“糖豆帽卡玻璃蛋——”这才是吸引孩子的。货郎的挑子是一座移动的百货商店，东西又多又有趣，装在玻璃瓶里的糖球，五颜六色地诱人，仿佛聚集了整个世界的甜，而我却难得有钱买上两粒。因为不大能买得起吧，所以总觉得它甜得特别。

但在现在的农村，货郎的吆喝已经消失了。同样消失的还有：

“棉油——”卖油郎的吆喝。

“巴盆巴锅——”补锅匠的吆喝。

有些吆喝还在继续：

“弹——棉花。”前面拖着很长的音，后面戛然而止。

“修雨伞——呀！”修雨伞似乎只是南方人才熟习的技艺，空气中颤动的异乡人的声音，总是别有味道。

吆喝声像细细的线，在记忆里悠荡，钩挂的是一些人的音容，寻常而又难忘的旧事。我记得那个叫巴老三的补锅匠——一个光头的小伙子，记得那些带着洞眼和裂纹的锅和盆，钢钻发出的吱吱的叫声和钻眼里涌出的细细的粉末。“补好了。”他敲一敲面盆说。面盆发出噼噼啪啪的声音，是一种由陶片、铆钉、伤痕组成的不再浑圆的混响，一如生活本身的质地。我还记得一位姓陈的屠狗人，面孔油亮，十分壮实。他如只带了一根棍子，就会吆喝“打狗——”；他如挎一个篮子来，就会吆喝“狗肉——”。他是个粗心大意又不识字的人，有人赊狗肉的时候，只在他的本子上记下赊欠的斤两，却不写姓名，使他收账时难以查找。他便会跳脚大骂一通：“要再赊账我是狗！”但他似乎老是记不住自己发的誓，狗一直打着，账也一直照样赊下去。

吆喝声是让人愉快的，在商业不太发达的年代，它带来浅浅的喧哗，但不含疯狂的成分，像很熨帖的平民化的乐声。对于渴求的心灵，它还可以代表更多的东西。“蒲席——”细嫩的童声里有劳动的艰辛和生活淡淡的苦味；“包子——”粗犷的高音是迎面扑来的浓香；“冰糕，三分五分的——”甜甜地流着汗的凉；“戗刀磨剪子——”任怎样迟钝的心也会因之锋利且轻快起来。

“青菜啦青菜，绿油油的青菜——”一部电影里的吆喝，黑白片，什么情节早已忘了，但这吆喝声却一直记着。让记忆有所选择的，也许就是那鲜明的绿和湿润蓬勃的气息吧，游离于影片之外，超出了黑与白的单调。还记得一位卖苹果妇人的吆喝：“甜苹果——吃个肚子圆哪——”那声音里含着儿童的向往，是饱满而多汁的。还有一位卖布的小贩吆喝：“禁拉禁拽禁蹬禁揣，冬暖夏凉，不结实不要钱——”字字用力的句子确实契合了家织土布的特征和品格。

好的吆喝是一门艺术，纯粹的民间创作，有质朴的乡土气。但这样的吆喝越来越少，商业发达的今天，真正的吆喝在逐渐淡出，慢慢趋向寂静。住在城市的楼房里，窗外带着乡土气的声音，已是极偶然的。有时我回到乡村，也很难再听到小贩的吆喝。市场越来越多，走村串户的叫卖几乎绝迹了。

市场内是商人麇集的地方，但没有吆喝，只有讨价还价的声音，嗡嗡地响成一片。春节时回老家，在市场里买年货，正与人讲价，忽听一声高亢的吆喝：“巴盆巴锅——”众人齐转头，原来是个半老的汉子，满面油光，脖子上爆着青筋。有人大声喝彩，他老婆却笑骂他发神经。我认了半天，原来是当年的补锅匠巴老三，现在改卖猪头肉了。

第五辑

随手记下

楼道里的电灯

在我习惯性的思维中，楼道里的电灯总是容易坏掉，因为每到晚上，楼道里总是黑的。

后来我修正了这个想法。我想，楼道里的电灯也不是残次品，它和居室内的电灯，原来肯定都是一样的。也就是说，楼道里曾经明亮过，后来才变黑了。

于是，我想回忆起楼道当初的明亮，但不是太有效，总是回忆不起来。黑的时间太长，那当初的光已无法泄漏过来。我的手握紧栏杆，脚小心地找准楼梯……这是楼道初黑的那阵子。到了后来，我已熟能生巧，不用再扶栏杆，脚也能恰到好处地踏在楼梯上。黑暗造就了我的娴熟，我依附在这个娴熟上，有时甚至得意于自己在黑暗中的得心应手，思想进入长久的睡眠状态。

直到有一天晚上，我去访朋友，走进另一个漆黑的楼道，我才知道，原来的娴熟已全不管用。我的手必须重新握紧栏杆，脚小心地去寻找楼梯。

我重新警觉起来，以后经过一些楼道的时候，如果是在白天，我就会有意抬头观察那些灯泡。那些小小的玻璃宫殿，上面总是落满了灰尘。它是太阳，还是已变成了冰冷的废墟？我就去按墙上的开关，啪，开关永远管用。手指把按钮上面的灰尘抹了下来，按钮，露出了本身的白。

洁白，像被掩盖的过往或良心。

那晚的结局是这样的：朋友送我下楼，打着手电筒，一团光在我脚下晃来晃去。回到家里，我就把书房里的灯泡卸掉，换到了楼道里，并按动开关，啪，楼道里一片刺目的光明。

广告栏

一般来说，破坏公物的人总是消失得很快，当我们出现的时候，破坏者也已溜回到我们中间，在现场，只留下破损的物体，以及附着在破损物体上的一些坏品质。

我就是这样看到被破坏的不锈钢广告栏的。其实，我首先看到的是一群围在那里的人，挤到里层，才能看到倒在地上的广告栏，和它的两根立柱留在地上的空心断茬。从那像不规则的锯齿一样的断茬上，我们仍能感受到它们当初断开时的痛苦。

人们有的默不作声，有的愤激，有的叹息。“谁干的？真缺德！”骑自行车上班的人也稍做停留，并发表着自己的谴责。不道德的行为，一下子唤起了大家的道德感。记得一位哲人曾经说过："我从不礼貌的人那里学会了礼貌。"多么奇怪，像是只有坏行为才能培育我们的正义感。

谴责要凭借回忆，并掺杂进想象。我回忆起广告栏当初的样子：立在草坪上，亮闪闪的，镶着玻璃，里面的栏芯是绿色的，反白字，印刷的是《×××道德准则》。现在，玻璃当然已经破碎，它夹着的绿色纸板也残破了，几个纸角，在风中偶尔掀动受伤的身子。

我是那么地喜欢不锈钢，我觉得它本身就像是道德的质地：明亮，坚韧，像镜子一样，能照得我们纤毫毕现。我猜想，破坏者是在夜间行动的，那时候，不锈钢已照不到他的嘴脸，从而使他陷身道德的盲区。

我还熟知不锈钢的其他优点，不怕风吹雨淋，不容易留下刻痕，因为它是钢。我又记起我常常经过的一座新桥，它的栏杆是不锈钢做的，立杆上装着圆球，阳光在上面流动，使它们像是光的铸体。但是不久，那些圆球就一个一个地消失了。我留心过球体消失后的空心栏杆，盛满了黑暗。那装在圆筒内的黑暗，连阳光也无法深入。

再次见到不锈钢是在一个装潢店里。我惊讶地发现，一张不锈钢在制作工人的手中哗哗作响，它像纸一样薄。工人师傅用手把它压弯，再用铆钉铆上，它就成了我熟悉的不锈钢广告栏。这使我惊讶，重新回想起那个被破坏掉的广告栏的断茬，并发现了以往忽略的细节：这种不锈钢真的很薄，手指一用力就可以压出一个凹坑。

"风刮断的，那天的风可真大啊！"许多天之后，我在晨练时，又一次经过那个被破坏的现场，一个同样在晨练的老者见我在仔细观察，就这样说。

我再次惊讶且沉思，原来，我的推测一直是错误的，我的道德感竟建立在这种没有多少支撑力的立柱上。而那个我（和围观者）臆想中的破坏者并不存在，或者说，我们头脑中那个不道德的黑影，被晨练老者转述的一场大风一下子吹得无影无踪。

那么，该谴责那场大风吗？

当然不。但那场大风无疑修改了我的思路：原来，禁不住一阵风吹的不锈钢啊，它来自某个店铺。并且，当它在工人师傅手中哗哗作响的时候，那种《×××道德准则》也正在那里，默默地躺在店铺角落里的某张纸上。

一只浪漫主义的鸟

一只鸟正沿着墙根奔跑。还有三个老太太在追着这只鸟奔跑。

这三个老太太大概是出来晨练的，我见过她们，她们一般是三五成群，在小公园里边说话边伸胳膊蹬腿，或者攀在某根树枝上，不管做何种动作，都显得迟缓。她们甚至已老到无法跳广场舞。

但现在却不同，她们分前、中、后站位，在围捕这只鸟，似乎还有些与其年龄不对称的敏捷。

这只鸟也并不是总在奔跑，它跑上十来米，把追捕者甩开，就开始走，两只爪子一前一后地挪。虽然只有走上几步的时间空隙，但那几步仍然优雅，不像麻雀总是跳，急促，也不像鸡，总是探头探脑地试图发现什么食物。是的，只有几步，但很像悠然的闲庭信步，所以给我留下了很深的印象。

然后它又得跑上一段，因为老太太们又追了上来。我想，它停下来散步时，大概以为追捕者不会穷追猛打，危险已经过去了。但它显然错了，三个老太太看来很有锲而不舍的精神。这样跑跑走走，大概有七八十米，就离我很近了，我也看清楚了那只鸟。

说真的，这不算是一只美丽的鸟。它的羽毛是棕黄色的，黑喙，比麻雀大两到三倍，但比喜鹊似乎还小些，腿却比喜鹊长。大概正是这一对长腿误了事，我猜想，它沿着墙根走走跑跑，也许是自恃腿长吧。

我对鸟类是个外行，不知道这种鸟儿的名字。

老太太们还在追，但只有一个大体能跟得上这只鸟儿的步子了。这是三个人中较年轻的一个，我注意到她接近鸟儿的时候，策略有点变化，不像刚才一味猛扑，而是放轻了脚步，慢慢接近，再扑。但鸟儿对她的策略似乎视而不见，等到她的手掌快要沾到羽毛时，才一跳，快跑，使她的动作一下子落空。这使它看上去像是在戏耍她。紧张，又有点让人兴奋。

但我显然高估了这只鸟儿的智商。前面墙根的拐弯处出现了一个编织袋，那户人家正装修房子，这只袋子原来是盛水泥的，现在空了。鸟儿发现了它，像找到了庇护所，一下子跑过去，藏在了下面。

对于三个老太太来说，这显然是个惊喜。她们一起围拢了过去。一分钟不到，鸟儿已出现在了年轻一点儿的老太太的手上，另外两个也赶到了近前，伸手去抚摸。

“它为什么只走不飞呢？”我说。

“为了让我们逮住它呗！”老太太们心情愉快，其中一位顺势幽了我一默。

但她们大概因为过于兴奋，放松了警惕。那只鸟突然扑腾起翅膀，一下子从她们手里挣脱出来，在三位老太太的惊呼声中箭一般蹿起，转眼间消失在了树丛中。

几片羽毛飘落，鸟儿已无影无踪的时候，羽毛还没有落到地。如果没这几片羽毛在飘，真会使人怀疑刚才追逐和逃脱的一幕是不是幻象。

三位老太太十分沮丧，互相埋怨起来，我又不合时宜地加上一句：“看看，飞了吧。”

她们先是愣怔，然后对我怒目而视。这使我突然意识到自己已经在扮演一个幸灾乐祸的角色，就有些羞愧，低着头慢慢地走开。

但我还是在想：那只鸟，明明能飞，为什么要在墙根一带走路呢？

我又想起了它的两条长腿。从身体构成来看，既然有腿有脚，那么，即便是鸟，散步也该算是一种很正常的行为吧。

几乎看不到鸟儿散步。但这一只无疑是特殊的，或许它心里装满了浪漫主义的梦幻，就想在人们惯常散步的地方也散散步。但它显然错了，直到它被人抓在手里的时候，才猛然醒悟：

想像人一样散步，门儿也没有！

它为自己的浪漫，差一点付出了生命的代价。还好，它及时机警地逃走了。

卫生筷

每一事物的产生，都有其深刻的背景，卫生筷也不例外。它从人们思想深处一个叫作卫生的地方出发，来到讲究卫生的人手中。

这样说，有我们掌握着主动精挑细选的意思。其实这只是一种假象。我记得多年前（或曰很多年前）的早点摊和夜市上，不由分说，卫生筷已塞在了每个人的手中。

最初的卫生筷是新鲜之物，那些小筷子，是装在纸袋或塑料袋中的，我们把它小心地抽出来，并虚心地在指导下把它掰开——它的尾端是连在一起的。我特别欣赏掰开时的那“咔”的一声轻响，像打开一把锁，它告诉我们，一个筷子的新时代已经来临。咔，它和旧时代断开；咔，每一双都是新的；咔，分开成两根的筷子，它不会再回到连体状态，它要一次把卫生奉献个够。

特别是，它有这样一个旗帜鲜明的名字：卫生筷，这已把名字与内容紧密联系在一起。

洁白小巧的卫生筷，又一次改变了我们对生活的态度：对任何细节均不得马虎，包括熟能生巧地吃饭，包括使用了几千年的筷子，随时都有反思的必要。

忽然见到大批的卫生筷是在小商品批发市场里。前些日子，我偶尔去那里，意外地看见它们成堆地垛在一起，有的盖一张塑料纸，有的裸露着，无一例外都蒙着灰尘。其中一捆绳子断了，散落在地上，摊主把它重新捆扎起来，又码进大堆里。我忽然心生疑虑：这就是我们平时使用的卫生筷吗？

再次吃早点的时候，感觉不一样了。端详手中的卫生筷，它已不复当日的洁净，棱上尽是毛茬儿，包装纸也变短了，只能包住筷子头。掰开它的时候，也已享受不到当初那咔的一声轻响带来的愉悦，因为总是掰不成平均粗细的两根，有时一根掰断了，连体部分还完好无损。最担心的还是：这上面会有多少肉眼看不到的细菌呢？

卫生筷早已悄悄改变，而我们对此一直浑然不觉。

那么多年了，也许连卫生筷自己都发觉，它已走了足够长的路，已有资格满面灰尘。

那么多年了，我们栖息在对卫生筷最初的美好印象中，栖息在这个奇特的名字上，安适而且懒惰。有时，我们甚至会诗意地联想起它们最初的来路，那些青青的树枝或者竹枝，却忽略了作为商品的这些小巧的器具，有着狡猾而善变的另一面。而且我想起来，不知从哪一年开始，它们已被叫作“一次性卫生筷”。

它改变，呈现出制造者和出卖者的品质。而卫生，成了“卫生筷”这个词的牺牲品。

手

我和朋友们一起喝茶，打扑克。中间，我到洗手间小解，然后洗手，再把手伸到烘干机下烘干。

当我走出洗手间，回到牌桌前准备起牌的时候，一个人突然问我："你洗手了吗？"

"洗了。"我把手掌翻了两下，以示清洁。但我忽然意识到，这是徒劳的，我无法说清我的手到底是干净的还是脏的。也就是说，我的动作并不足以打消他们的顾虑。

再去洗手间的时候，我洗罢手就不再烘干，而是双手湿淋淋地回到他们中间，然后请他们替我起牌，直到我的手干了为止。

他们不再发问。

一双脏手，为什么无法回到它清洁的状态了呢？原来，是它的清洁过程被遮蔽了起来。当它脏的形象在朋友的脑海里固定下来的时候，肯定需要一些强有力的东西去推翻它，比如水的冲刷声、烘干机的嗡鸣等。但这一切都被一堵厚厚的墙隔掉了。而另一种情况呢？我湿淋淋的双手算什么呢？也许只能算是在逼迫中呈现出的窘态吧，即我要被迫把手的清洗过程从洗手间里一直拖延到牌桌前。

在对一双手的清洁的展示中，我无法从容。

我把此情形描述给一个一同去洗手间的朋友听。他说，你其实不必如此，只消说：那个烘干机好像有点问题，竟烘了这么长时间。

我愕然。

果然，当我后来这样表述时，他们马上说：这是心理原因，烘干机没坏，是你牌输得急了。

这次，手的问题竟被忽略得一干二净。

老　歌

每天晚上，银行大楼前的空地上，都会有一群女人跳健身舞。这是属于她们的时辰，活跃，充满生机；这也是城市生活的特征之一，让下了班的人又为健康奔忙。

我在旁边观看。跳跳健身舞是文化吗？这样的质疑在心中只是一闪念。我一下子就想到了电视里盛大的集体舞表演场面。而且据说，有些出国的人，已经把这种舞文化传播出去，把老外们也教成了这个样子。

然后，我留意到了歌声，看见了放在银行大楼厦廊下的那张凳子，和凳子上的录放机。歌声从录放机里飘出来，声音不大，是联唱，仔细听，有《咱们新疆好地方》《茉莉花》《北京的金山上》等。我就站在那儿一边听一边看，后来我发现，只有我一个人在留意歌声，跳舞的人，注意的只是歌的节奏。

歌曲一联唱就没有什么听头，因为它们被相同的节奏控制，失去了个性，总是显得刻板。况且这光盘也有些老了，是的，人们在地面运动的时候，它也在磁针下运动——它是注定要在运动中被消耗掉的东西，所以听上去不太清晰，唱歌的人像处于半睡眠状态。

以前，在一首歌中，歌词是主角，节奏和旋律是衬托。但现在不是，旋律，特别是歌词，在谦逊地后退，退到产生了历史感，构成一场健身舞深远而模糊的文化背景。

节奏凸现出来，虽然单调，但鲜明、清晰，成为舞者唯一的需要。这是属于节奏的夜晚，节奏主宰一切，它拍打着人群，使他们转动，完美地融入城市之夜。这一刻，我讶异于节奏的力量，我看见一位我熟悉的大妈，她平时走路都有些蹒跚，可现在，踏着节拍，竟显得敏捷了许多，甚至有了轻盈的意味。

只偶尔在唱针打滑的时候，歌声呜咽，光盘里唱歌的人像突然醒了过来，像恶作剧。节奏也乱了，跳舞者抬着手脚，一时间不知所措。

醒　来

虹

小时候。总是在一场暴雨之后，虹出现，悬挂在地平线上方，我们朝着它奔跑，奔跑，然后停下来，发现一点儿也不曾和它接近——虹离我们是看上去很近的那种远。

但孩子的注意力不会持久，在雨后清新的大地上，在泥泞和积水上，我们追逐、嬉戏，像一群快乐的水珠。微凉而透明的岁月啊，所有感觉都是幸福的，包括滑倒，包括虹。那微微颤动的虹，是我们滑倒时摔出体外的笑声和疼。

已有多久不曾看见虹了，十年，或者二十年？在污染日益严重的今天，任何一场暴雨，都不足以完成对美的呼唤。虹只在我的内心呈现。虹，作为笑声和疼，它已撤回我的体内。

镜　头

我喜欢慢镜头，喜欢慢。现在，电视里正直播一场运动会，一切都在加速：奔跑的运动员、飞行的标枪……运动员的脸上，肌肉像被风吹动的波浪。加速可以产生许多奇妙的东西，但需要借助慢镜头来欣赏。

在慢镜头里，一个瞬间被打开，我们的眼睛跟上了原本跟不上的速度，慢，要多慢就有多慢，慢到纤毫毕现，慢到真相大白，一切都清清楚楚了。

打乒乓球的时候，对着那个飘忽不定的小球，我想：如果是慢镜头多好啊！再厉害的对手恐怕都不堪一击了——这样想着的时候，就输得更快了。但我还是控制不住想那些慢镜头——我有思想开小差的老毛病。

另外一种接触得少些，是快镜头，记得最清楚的一次是看一部科教片。在一个快镜头里，爬山虎飞快地爬上楼顶，那样快，像一只看不见的大手在给那面墙披衣服。我看着灰暗的墙体在一瞬间沉浸于感动中——其实是我受了感动：那种鲜灵灵的绿一下子浸透了我的心房。我想：好啊！原来幸福就是一个快镜头，就是一只看不见的手给楼房披上衣服。

其实我也知道，幸福仍然是慢镜头，是我楼下墙壁上的爬山虎，一点一点移动，慢到我无法察觉——是啊，岂止是快的东西看不清，即便是慢的东西，也常常为我所视而不见。

慢镜头和快镜头都是虚拟的，不可能真正出现，生活中永远只有真实的镜头，携带着真实的速度，不论我能否分辨。可我常常不自觉地进入快或慢之中，为了看清，为了感动，有时候仅仅是为了胡思乱想——这大概是我这个没长翅膀的人，为自己制造的一种飞翔吧。

月　亮

月亮是一丸药，成分复杂，有霜、雪、梅花、涛声……只有思乡的游子才能服用它。从月圆到月缺，它的剂量在消减，就压不住游子的咳嗽，压不住游子心头的痛。月亮对于游子的病，只能减轻，不能根治，当游子对它产生了依赖，它会产生副作用，成为一种无法停服的毒品。

月亮变圆，光线渐渐绷满，就能冲淡游子体内的黑暗，让他们看清心头的字迹。这时候，有人仰望而哭泣，有人埋首于一封家书。这时候的月亮变成一只邮筒，悬挂在天上，只有思乡的人才能举起洁白的信封。

升起的月亮，是故乡河面飘来的箫声；落下的月亮，是一匹白马在飞赴故乡的黎明。没有月亮的夜晚，游子有两个家，一个在远方，一个是月亮。

塑料袋

塑料袋被一阵风吹上了高空，它体内充满了强劲的气流。对于一只塑料袋来说，空气的确太强劲了。

这是一只被使用过又被丢弃的塑料袋。它在空中，但它看不清自己要去的地方，它身上印着地址，但那不是它的家；它身上印着电话号码，那也不是它的电话；它身上有很多赞美的词儿，但不是赞美它的——被赞美者已抽身离去。

它曾经承载过这个城市的一部分重量，可现在轻了，轻到一阵风就足以把它吹上天空。轻，就是那种容易被忽略的重吧。

它看不清要去的地方，它只是偶尔被吹上了天空。平时它在墙角滚动，离我们近，使我们能看见那些撕破的地方——作为一种命运，它为何总是破绽百出？

一滴雨

大雨落向家乡，我是其中微茫的一滴——

与众不同。
　　　渴。
慌不择路。

面对加速靠近的家乡，我朝向其中的一粒灰尘，张开了微凉的嘴唇。

动物园

我想我们人类建造的第一间房子，肯定是给自己住的，但已经好多年了，我们都在积极地给动物们盖房子。

那可都是些珍贵的动物啊！比如东北虎，比如熊猫，比如什么什么。在我们人类与动物杂处的这个星球上，人类无疑是胜利者，但动物们时时刻刻也没忘记向我们施加压力，它们要么以惊人的数量（比如某个时期的澳洲袋鼠）让人担忧，要么以濒临灭绝的现状引人关注（比如大熊猫）。前些日子我还在网上看到，中国租给美国的两只大熊猫，把美国的某动物园都吃穷了，每年要消耗掉他们数百万美金，搞得彼蛮夷之邦愁眉不展。看到此消息，我不由一乐。中国的某些官员向以公款吃喝闻名于世，有人甚至开玩笑说，放几十万官员去美国吃，不出几年准把它世界首富之国吃得向外界要救济，没想到咱们的国宝大熊猫已抢先一步做到了这一点。

大熊猫在中国的动物园里怎样生活我不太清楚，但显而易见，与大熊猫毗邻的动物，大都属于以数量稀少要挟人类者。想想也是，我们人类已经会直立行走数百万年了，而那么多的动物，还没直起腰来，生命历程就要走到头了，还真让人心里挺不是滋味。所以，我们要盖一些房子，而且要盖在城市里，让那些动物与我们比邻而居，这样时刻看着它们，心里就踏实多了。动物园的存在说明，慈悲为怀，仍然是我们人类的优秀品质。但反过来想一想，动物的日渐稀少，又似乎是它们自抬身价的一个圈套，你看看动物园里的这些动物，要么雄视顾盼（比如狮子），要么兴奋地打着呼哨（比如猴子），要么优哉游哉地踱步（比如绿孔雀），而跟着它们屁股打转的工作人员，怎么看都像是厨师兼私人医生兼保镖。

我喜欢到动物园去，因为动物园像人类哲学的教育基地。进动物园还要买票是唯一让人心烦的事，还没看到动物，就有一种被劫持的感觉，像给它们留下了买路钱。但与它们相比，另一些没进动物园的动物才更像强盗，比如老鼠，早已偷偷溜进了我们的卧室里，和我们打起了游击战，代代相传，斗智斗勇，乐此不疲。

“生活越来越好了！”在动物园里，我们会有一种满足感，并和动物们一起打着饱嗝。当然，在动物和人之间还要立一排栅栏，那是一条线，是我们的安全线、动物的温饱线，也就算是划清界限的线吧。可回到家里却是另一番情形，“这叫什么日子啊！”望着被老鼠啃坏的家具、咬烂的书籍，我们怒不可遏地发出尖叫，并将难以抑制的失控情绪发泄在拍疼的手掌上，引起了桌上一只咖啡杯惊恐的一跳。但老鼠们一定不理会这些，它们早已躲进某个角落的洞穴里，怀抱着另一套生存哲学，安静地窃笑呢。

在家里，你几乎找不到那根把动物和人区别开来的线。但以房子为坐标，我们还是可以把动物区分成两类，一类是我们请来的，像狼熊虎豹；一类是不请自来的，像老鼠之流。这样一分，又感觉我们被夹在两类动物之间，处于一个十分尴尬的地位。

为什么要盖房子给动物居住？这一问看似简单，其实却是个令人类十分难回答的问题，而且，我们有时还可以想得更远些，比如：当人类从地球上消失的时候（但愿这一天永不会到来），那抢占或拆掉我们房子的，会是些什么动物呢？

桥上的事

每天上下班，都要经过一座桥。桥很宽，人行道上也足以跑得开小汽车，因此，那上面就常常被人占据，每天有两三人到七八人不等。他们或站或蹲，有的面前放着一个小木牌子，写有“油漆”或“绷床垫”等字样；有的面前没有牌子，却会有一个包，敞着口，露出了锯子、斧子、凿子等工具，这工具也就是能做某种活计的招牌。

这些人，都是民工，来自周边的农村，等生意打零工的，被城里人称作“游击队”。

打零工的人有何种心态？我没有打过零工，无法确知。但我以为，除了做活时需要付出的劳累，等活更是一种煎熬。在这来来往往的人里，他不知哪一个会成为主顾，也不知今天有没有生意。我曾留意过他们的眼神，那是一种粗看漠然而迟缓的眼神，常常跟随着一辆汽车或自行车，被带到很远后才又收回，但实则又充满了期待，你只要多看他们几眼，那漠然立时就会被激活，并迸出充满热切希望的灼人火星来。所以，我从桥上过的时候，对他们不敢多看，唯恐使他们在希望之后有更多的失望。

桥上无所荫蔽，风大，冬天太冷，但即便在滴水成冰的时候，也仍会有人在那儿坚持。夏天日头毒，他们灰色的影子落在被太阳晒得白花花的栏杆上，仿佛划一根火柴就能点着。“劳动着是幸福的”，不知是谁说过这样的名言。民工们未必知道它，但对此肯定有最深切的体会：酷寒和炎热的时候，能有一份工作让他们流着汗，那大约就是强过在桥上干熬的幸福了。

我的地板坏了，找到装饰市场，发现卖我地板的商家已经消失了，没办法，只得找一个零工来修理。在桥上，我和他们中的一个谈了价格，领到家里来。

这是个长得有点矮瘦的中年人，但干活很仔细，很卖力。我的地板坏在厨房里，由于雨季受潮的原因，胀了起来。他研究了一番，说是由于贴地脚线时不小心，水泥掉进了伸缩缝里，地板不得伸展所致。然后他趴在地上，用一根弯头的细钢筋，一点一点掏伸缩缝里的水泥，很快汗流浃背，掏出的水泥沫子粘在身上，很脏，使我感动。吃中饭的时候，我邀他同吃，他不愿意，我说我也是农村来的，于是叙了叙，竟是一个县的老乡，他这才入座。边吃边谈，我才知道他们大部分时间是没活干的。他说，他去年跟一个建筑队干了一年，结果被骗，一分钱也没得到，所以，打零工虽赚得少些，却图个现钱，保险。他们干活时，也一般不敢吃雇主的饭，怕工钱打折扣，还最怕阴雨天，那就注定没活干了。

和这个民工打了交道后，我也不由得留心起天气来，才注意到，今年雨水的确特别多。下雨的时候，桥上果然不再有人。

民工们会在哪里呢？下雨天，上班族的工资并不会缺少，但对民工来说无疑是灾难，所以每次在雨中过桥，我都希望坏天气能尽快过去，民工的心中尽快晴朗起来。

桥上又多了一位女人，白面，微胖，和那矮瘦男子相仿的年纪。有时，看见他们说笑着，那男的也显出高兴的样子。我也替他们高兴起来，觉得这桥上的生活毕竟有了些变化，活泛起来，不再像过去那样死板而寂寞。

又有一次，正是午饭后思睡的时刻，我骑车过桥，发现桥栏边就他们两个人，男的坐倚在一根栏杆上，女的大约是过于疲乏了吧，靠在男的肩膀上睡着了。那场景，仿佛是在乡下，一棵草倚在另一棵草上睡着了似的。风吹起地上的灰尘，吹着两个劳苦者颤动的发丝，有一种疲倦的温情从那里弥散过来，使人鼻子发酸。我一下子被深深感动，几乎不敢凝视他们。

我放慢了骑车的速度，缓缓从桥上驶过，觉得那一刻，周围的世界也仿佛受了感动，桥、树、银行的大楼、广告牌……都注视着他们，安静地，唯恐惊破了那薄而脆的睡梦似的。

打零工的人

这里所说的打零工的人，实际上是一帮女子搬运工，遇有搞装潢的人家，她们跟着搬砖，卸黄沙，运送各种装潢材料，赚取工钱。因她们消息灵通，动作迅速，来去如风，又大都是女子，也有人戏称她们为“女子别动队”。

我居住的这个地方，是个经济开发区，几年前，这里还是一片山野，但从第一座楼房打下地基之后，高楼大厦似乎比庄稼长得还快。城市的建设，自然伴随着农村的消失，原来的居民，一部分没了地，一部分在山那边还有少量的地可耕种。所以，这些原来的土著居民们就弄得既不像城市人，又不像农民。她们有的人就在开发区里找些杂活来干，称为打零工。

初买装潢材料的时候，我还有些担心，因我要装修的房子在四楼，干活的工人又只来了两个：工头老徐和他的一个徒弟，其他人要过几天才到。我担心他们往楼上运材料忙不过来。老徐指点：运材料的活可找打零工的人来干，我于是知道了她们的情况。可到哪里去找她们呢？他说：嗨！还要你找，只要车一进小区，不用你找她，她自找你。

果然，我们的运料车刚在楼下停稳，几个女子就围拢上来。她们大都面目赤黑，胖瘦不一，但显得很利索，年龄大都在三四十岁。我这才想起来，其实，我骑车在街上走的时候，经常碰见她们的。她们大都三五个一帮，各人骑一辆破自行车，后架上挂一个筐子，内装工具，有的在大杠上还绑一把铁锹。我虽对她们的形象早已熟悉，却不知她们是干什么的，现在才恍然大悟。

“老板，帮你搬！”她们见谁都称老板。

“什么价格？”

“老价格。水泥、黄沙起价一袋五毛，往上一层加五毛。其他的得看重量。”其中一个壮硕的妇人插嘴。

和她们讲价并不复杂，虽然人多嘴杂，但哪样东西是什么价格，老徐已大都告诉了我，我掌握好不上当便是。讲了一会儿，定下来，一个瘦小个子的还打趣说：不会坑你的，我们有行业标准。大家都笑。

说话间又来了几个，她们便从自行车筐里，拿出帆布或旧褂子，垫在肩背上，开始搬运。一袋水泥一百斤，沙子的重量还要多些，扛上四楼着实不易，何况还要一趟接一趟。几趟下来，她们就都已热汗涔涔。搬到后来，我发现那个矮瘦的女子已十分吃力，每上一个台阶都很艰难，腿也像在打战。“撑不住就少搬一趟。”我说。她并不答话，死撑，到了房子里，歪身子卸下货，才长出一口气。我看她脸色发白，嘴唇上已咬出了牙印。

“赚俩钱不易！”老徐感慨。

装修是件很缠人的事情，俗话说：“要想一个月不得安宁，装修房子；要想一年不得安宁，盖房子；要想一辈子不得安宁，娶老婆。”一年一辈子的“不安宁”姑且不论，一个月的“不安宁”则所言极是。我每天骑着自行车，在老徐的引导下，穿梭于一个个建材商店之间，木材、砖、油漆、滑石粉、木线、玻璃……一点点讨价还价，运来，再由这群女子运上楼去，忙得不亦乐乎。

一天傍晚，老徐通知我黄沙不够用，再买二十袋。在建材店门口，一个五十来岁模样的汉子要跟我来搬运。我说我的材料一直是由一帮女子运的，他说知道，但这个点谁不回家，你到哪儿找她们去？我一想也是，就让他跟了来。

汉子往上搬，我在楼上等。哪知搬了不到一半，楼下却吵了起来。我下楼一看，那个矮瘦的女子正对汉子破口大骂。汉子欲搬袋子时，她就用脚踩住，还用手中的蛇皮袋扑打汉子。我没料到这个看上去有些孱弱的女子竟这样凶猛，实在很惊讶。吵骂间，又有几个女的来到，一起攻击那汉子，骂他违反“行规”，撵他滚蛋，我劝了半天也不得平息。这时，矮瘦女子稍得喘息，向我分说缘由，我才弄明白了他们的“行规”。原来，这片开发区的建设，占用的是三个村的土地，随着居民的入住，不少人家要装修，原来的村民里有脑筋灵活的，就搞起了搬运。后来，看到这是条财路，加入的人就越来越多，于是形成了几个“伙”。但随着人员的增加，各“伙”之间撞车的事时有发生，于是他们约定：各村的“伙”干各村原来地盘上的活，不得越界，否则就是违规。她一解释，我立刻就听明白了他们吵架的内容：汉子显然理亏。但这汉子也十分难缠，说这里是两村的地交界的地方，这房子也可能就建在他们村的地上。此说立即遭到更猛力的反击，他就嬉笑，有时骂两句骚话，有时虎起脸吼几声。过了一会儿，汉子终于屈服下来，不但剩下的活不得再干，原来干过的工钱也要分一半给她们。在一群妇女的起哄声中，他骂骂咧咧地走了。

由这次吵架，我见识了这群妇女的厉害。后来，我又见她们吵过两次，一次是她们之间分钱不公，一次是和另外一伙妇女吵架。我发现，她们内部吵的时候，总是那个壮硕的女子做调解人，看样子是她们的头。但和“伙”外的人吵时，她们绝对团结在一起，个个奋勇地一致对外。

我也遇到过那个汉子几次，他总在建材店的门口转悠，有两次看见我买东西就过来搭话，我看见他脸上出现了跃跃欲试的神情，但大概顾忌到那帮女子的厉害，却不敢再跟来。

装修渐近尾声，屋子里落下了一大堆垃圾，有碎砖、混凝土渣滓、锯末、木材头、碎瓷砖、包装纸等等。我正为这些垃圾怎么处理发愁，那个壮硕的妇人来了。她说，只要把一块用了一半的木板和几块没用上的瓷砖搭上，她就免费把这些垃圾给运走。我答应了，她十分欢喜，说回家去拉平板车，一会儿就来。

我知道这女子是十分精明的，不要说搭上的木板和瓷砖，就是垃圾中的木材头、包装纸等，对她也都是有用的。但我一等等了她三个多小时，还没来。是出了什么事，还是她反悔了？听说有运垃圾的，一三轮车的运费就要五十元呢。正当我胡乱猜想准备另作打算时，她来了。我责备她不守信用，一去这么长时间，耽误了我的事。她先是默不作声，后来突然说："老五被打了！"

"哪个老五？"

"就是前几天在这里和我们抢活干的那个。"

我一下子想起了那个常在建材店门前转悠、被她们骂得狗血淋头的汉子，原来叫老五。她说，老五这几天没活干，憋极了，硬去卸人家建筑工地的黄沙，结果挨了一顿铁锹，被打得吐血，刚才倒在街上，给她撞见，送去了医院。我这才注意到她的眼红红的，像是哭过了。她还说，老五身体本来就不好，老婆还有病，只能整天在家待着，儿子上学，正是用钱的时候。"赚不着钱急呀！"她叹息了一声，眼里又流下了泪水。

她大概意识到了自己的失态，连忙抹去泪水，开始干活，一会儿又是满脸水。但我已分不清，那到底是她的汗水还是泪水。望着她在迷乱的灰尘中忙碌的身影，我的眼睛也有些潮湿起来。